比较文学与世界文学 研究丛书

主编 曹顺庆

二编 第 **22** 册

英美经典作家九论（上）

张 叉 著

花木兰文化事业有限公司

国家图书馆出版品预行编目资料

英美经典作家九论（上）／张叉 著 －－ 初版 －－ 新北市：花木兰文化事业有限公司，2023〔民112〕

目 2+160 面；19×26 公分

（比较文学与世界文学研究丛书 二编 第 22 册）

ISBN 978-626-344-333-4（精装）

1.CST：英国文学 2.CST：美国文学 3.CST：作家

4.CST：文学评论

810.8   111022127

ISBN-978-626-344-333-4

9 786263 443334

比较文学与世界文学研究丛书
二编 第二二册   ISBN：978-626-344-333-4

英美经典作家九论（上）

作 者	张 叉
主 编	曹顺庆
企 划	四川大学双一流学科暨比较文学研究基地
总 编 辑	杜洁祥
副总编辑	杨嘉乐
编辑主任	许郁翎
编 辑	张雅淋、潘玟静 美术编辑 陈逸婷
出 版	花木兰文化事业有限公司
发 行 人	高小娟

联络地址 台湾 235 新北市中和区中安街七二号十三楼
　　　　　电话：02-2923-1455／传真：02-2923-1452

网 址 http://www.huamulan.tw 信箱 service@huamulans.com

印 刷 普罗文化出版广告事业

初 版 2023 年 3 月

定 价 二编 28 册（精装）新台币 76,000 元

英美经典作家九论(上)

张叉 著

作者简介

张叉,一九六五年生,男,四川盐亭人,四川大学比较文学与世界文学博士,四川师范大学文学院教授,四川省比较文学研究基地兼职研究员,国家社会科学基金项目评审专家,中国社会科学评价研究院A刊评价同行评议专家,教育部学位论文质量监测专家,四川师范大学文学院、外国语学院研究生导师,四川师范大学文学院比较文学与世界文学学位授权点负责人,四川师范大学外国语文研究所第二任所长,四川师范大学外国语言文学一级学科硕士点建设专家委员会第一任主任,四川师范大学第八届学位委员会外国语学院分学位委员会主席,成都市武侯区作家协会常务副主席兼秘书长,学术集刊《外国语文论丛》、《比较文学与世界文学研究》主编。

提　　要

　　本书是一部关于英美经典作家研究的学术著作。著作由《威廉·华兹华斯的入世与出世考察》、《威廉·华兹华斯的富贵贫贱观探索》、《威廉·华兹华斯〈序曲〉中的"风"意象考究》、《威廉·华兹华斯诗歌中的非生物自然意象辨析》、《乔治·戈登·拜伦的"诗的本身即是热情"评说》、《罗伯特·弗罗斯特诗歌中的自然解读》、《罗伯特·弗罗斯特诗歌中的时代内涵挖掘》、《罗伯特·弗罗斯特〈收落叶〉的主题申说》与《沃尔特·惠特曼〈草叶集〉中的"草叶"意蕴解析》九篇文章组成,立论明确,视角良好,结构清晰,资料详实,征引广博,论证充分,语言流畅,达到了一定的学术水平。著作从中国学者的角度,运用新批评的方法,通过详细的英语原作解读,专题研究了英国威廉·华兹华斯、乔治·戈登·拜伦和美国罗伯特·弗罗斯特、沃尔特·惠特曼四位经典作家,态度冷静,语气平和,作风严谨,实现了中西平等切磋、交流、对话、互鉴,既没有走上西方中心主义的老路,又避免了陷入东方中心主义的误区。

比较文学的中国路径

曹顺庆

自德国作家歌德提出"世界文学"观念以来，比较文学已经走过近二百年。比较文学研究也历经欧洲阶段、美洲阶段而至亚洲阶段，并在每一阶段都形成了独具特色学科理论体系、研究方法、研究范围及研究对象。中国比较文学研究面对东西文明之间不断加深的交流和碰撞现况，立足中国之本，辩证吸纳四方之学，而有了如今欣欣向荣之景象，这套丛书可以说是应运而生。本丛书尝试以开放性、包容性分批出版中国比较文学学者研究成果，以观中国比较文学学术脉络、学术理念、学术话语、学术目标之概貌。

一、百年比较文学争讼之端——比较文学的定义

什么是比较文学？常识告诉我们：比较文学就是文学比较。然而当今中国比较文学教学实际情况却并非完全如此。长期以来，中国学术界对"什么是比较文学？"却一直说不清，道不明。这一最基本的问题，几乎成为学术界纠缠不清、莫衷一是的陷阱，存在着各种不同的看法。其中一些看法严重误导了广大学生！如果不辨析这些严重误导了广大学生的观点，是不负责任、问心有愧的。恰如《文心雕龙·序志》说"岂好辩哉，不得已也"，因此我不得不辩。

其中一个极为容易误导学生的说法，就是"比较文学不是文学比较"。目前，一些教科书郑重其事地指出：比较文学不是文学比较。认为把"比较"与"文学"联系在一起，很容易被人们理解为用比较的方法进行文学研究的意思。并进一步强调，比较文学并不等于文学比较，并非任何运用比较方法来进行的比较研究都是比较文学。这种误导学生的说法几乎成为一个定论，

一个基本常识，其实，这个看法是不完全准确的。

让我们来看看一些具体例证，请注意，我列举的例证，对事不对人，因而不提及具体的人名与书名，请大家理解。在 Y 教授主编的教材中，专门设有一节以"比较文学不是文学比较"为题的内容，其中指出"比较文学界面临的最大的困惑就是把'比较文学'误读为'文学比较'"，在高等院校进行比较文学课程教学时需要重点强调"比较文学不是文学比较"。W 教授主编的教材也称"比较文学不是文学的比较"，因为"不是所有用比较的方法来研究文学现象的都是比较文学"。L 教授在其所著教材专门谈到"比较文学不等于文学比较"，因为，"比较"已经远远超出了一般方法论的意义，而具有了跨国家与民族、跨学科的学科性质，认为将比较文学等同于文学比较是以偏概全的。"J 教授在其主编的教材中指出，"比较文学并不等于文学比较"，并以美国学派雷马克的比较文学定义为根据，论证比较文学的"比较"是有前提的，只有在地域观念上跨越打通国家的界限，在学科领域上跨越打通文学与其他学科的界限，进行的比较研究才是比较文学。在 W 教授主编的教材中，作者认为，"若把比较文学精神看作比较精神的话，就是犯了望文生义的错误，一百余年来，比较文学这个名称是名不副实的。"

从列举的以上教材我们可以看出，首先，它们在当下都仍然坚持"比较文学不是文学比较"这一并不完全符合整个比较文学学科发展事实的观点。如果认为一百余年来，比较文学这个名称是名不副实的，所有的比较文学都不是文学比较，那是大错特错！其次，值得注意的是，这些教材在相关叙述中各自的侧重点还并不相同，存在着不同程度、不同方面的分歧。这样一来，错误的观点下多样的谬误解释，加剧了学习者对比较文学学科性质的错误把握，使得学习者对比较文学的理解愈发困惑，十分不利于比较文学方法论的学习、也不利于比较文学学科的传承和发展。当今中国比较文学教材之所以普遍出现以上强作解释，不完全准确的教科书观点，根本原因还是没有仔细研究比较文学学科不同阶段之史实，甚至是根本不清楚比较文学不同阶段的学科史实的体现。

实际上，早期的比较文学"名"与"实"的确不相符合，这主要是指法国学派的学科理论，但是并不包括以后的美国学派及中国学派的学科理论，如果把所有阶段的学科理论一锅煮，是不妥当的。下面，我们就从比较文学学科发展的史实来论证这个问题。"比较文学不是文学比较""comparative literature is not literary comparison"，只是法国学派提出的比较文学口号，只是法国学派一派的主张，而不是整个比较文学学科的基本特征。我们不能够把这个阶段性的比较文学口号扩大化，甚至让其突破时空，用于描述比较文学所有的阶段和学派，更不能够使其"放之四海而皆准"。

法国学派提出"比较文学不是文学比较"，这个"比较"（comparison）是他们坚决反对的！为什么呢，因为他们要的不是文学"比较"（literary comparison），而是文学"关系"（literary relationship），具体而言，他们主张比较文学是实证的国际文学关系，是不同国家文学的影响关系，influences of different literatures，而不是文学比较。

法国学派为什么要反对"比较"（comparison），这与比较文学第一次危机密切相关。比较文学刚刚在欧洲兴起时，难免泥沙俱下，乱比的情形不断出现，暴露了多种隐患和弊端，于是，其合法性遭到了学者们的质疑：究竟比较文学的科学性何在？意大利著名美学大师克罗齐认为，"比较"（comparison）是各个学科都可以应用的方法，所以，"比较"不能成为独立学科的基石。学术界对于比较文学公然的质疑与挑战，引起了欧洲比较文学学者的震撼，到底比较文学如何"比较"才能够避免"乱比"？如何才是科学的比较？

难能可贵的是，法国学者对于比较文学学科的科学性进行了深刻的的反思和探索，并提出了具体的应对的方法：法国学派采取壮士断臂的方式，砍掉"比较"（comparison），提出比较文学不是文学比较（comparative literature is not literary comparison），或者说砍掉了没有影响关系的平行比较，总结出了只注重文学关系（literary relationship）的影响（influences）研究方法论。法国学派的创建者之一基亚指出，比较文学并不是比较。比较不过是一门名字没取好的学科所运用的一种方法……企图对它的性质下一个严格的定义可能是徒劳的。基亚认为：比较文学不是平行比较，而仅仅是文学关系史。以"文学关系"为比较文学研究的正宗。为什么法国学派要反对比较？或者说为什么法国学派要提出"比较文学不是文学比较"，因为法国学派认为"比较"（comparison）实际上是乱比的根源，或者说"比较"是没有可比性的。正如巴登斯佩哲指出："仅仅对两个不同的对象同时看上一眼就作比较，仅仅靠记忆和印象的拼凑，靠一些主观臆想把可能游移不定的东西扯在一起来找点类似点，这样的比较决不可能产生论证的明晰性"。所以必须抛弃"比较"。只承认基于科学的历史实证主义之上的文学影响关系研究（based on scientificity and positivism and literary influences.）。法国学派的代表学者卡雷指出：比较文学是实证性的关系研究："比较文学是文学史的一个分支：它研究拜伦与普希金、歌德与卡莱尔、瓦尔特·司各特与维尼之间，在属于一种以上文学背景的不同作品、不同构思以及不同作家的生平之间所曾存在过的跨国度的精神交往与实际联系。"正因为法国学者善于独辟蹊径，敢于提出"比较文学不是文学比较"，甚至完全抛弃比较（comparison），以防止"乱比"，才形成了一套建立在"科学"实证性为基础的、以影响关系为特征的"不比较"的比较文学学科理论体系，这终于挡住了克罗齐等人对比较文学"乱比"的批判，形成了以"科学"实证为特征的文学影响关系研究，确立了法国学派的学科理论和一整套方法论体系。当然，法国学派悍然砍掉比较研究，又不放弃"比较文学"这个名称，于是不可避免地出现了比较文学名不副实的尴尬现象，出现了打着比较文学名号，而又不比较的法国学派学科理论，这才是问题的关键。

当然，法国学派提出"比较文学不是文学比较"，只注重实证关系而不注重文学比较和文学审美，必然会引起比较文学的危机。这一危机终于由美国著名比较文学家韦勒克（René Wellek）在 1958 年国际比较文学协会第二次大会上明确揭示出来了。在这届年会上，韦勒克作了题为《比较文学的危机》的挑战性发言，对"不比较"的法国学派进行了猛烈批判，宣告了倡导平行比较和注重文学审美的比较文学美国学派的诞生。韦勒克作了题为《比较文学的危机》的挑战性发言，对当时一统天下的法国学派进行了猛烈批判，宣告了比较文学美国学派的诞生。韦勒克说："我认为，内容和方法之间的人为界线，渊源和影响的机械主义概念，以及尽管是十分慷慨的但仍属文化民族主义的动机，是比较文学研究中持久危机的症状。"韦勒克指出："比较也不能仅仅局限在历史上的事实联系中，正如最近语言学家的经验向文学研究者表明的那样，比较的价值既存在于事实联系的影响研究中，也存在于毫无历史关系的语言现象或类型的平等对比中。"很明显，韦勒克提出了比较文学就是要比较（comparison），就是要恢复巴登斯佩哲所讽刺和抛弃的"找点类似点"的平行比较研究。美国著名比较文学家雷马克（Henry Remak）在他的著名论文《比较文学的定义与功用》中深刻地分析了法国学派为什么放弃"比较"（comparison）的原因和本质。他分析说："法国比较文学否定'纯粹'的比较（comparison），它忠实于十九世纪实证主义学术研究的传统，即实证主义所坚持并热切期望的文学研究的'科学性'。按照这种观点，纯粹的类比不会得出任何结论，尤其是不能得出有更大意义的、系统的、概括性的结论。……既然值得尊重的科学必须致力于因果关系的探索，而比较文学必须具有科学性，因此，比较文学应该研究因果关系，即影响、交流、变更等。"雷马克进一步尖锐地指出，"比较文学"不是"影响文学"。只讲影响不要比较的"比较文学"，当然是名不副实的。显然，法国学派抛弃了"比较"（comparison），但是仍然带着一顶"比较文学"的帽子，才造成了比较文学"名"与"实"不相符合，造成比较文学不比较的尴尬，这才是问题的关键。

美国学派最大的贡献，是恢复了被法国学派所抛弃的比较文学应有的本义——"比较"（The American school went back to the original sense of comparative literature ——"comparison"），美国学派提出了标志其学派学科理论体系的平行比较和跨学科比较："比较文学是一国文学与另一国或多国文学的比较，是文学与人类其他表现领域的比较。"显然，自从美国学派倡导比较文学应当比较（comparison）以后，比较文学就不再有名与实不相符合的问题了，我们就不应当再继续笼统地说"比较文学不是文学比较"了，不应当再以"比较文学不是文学比较"来误导学生！更不可以说"一百余年来，比较文学这个名称是名不副实的。"不能够将雷马克的观点也强行解释为"比较文学不是比较"。因为在美国学派看来，比较文学就是要比较（comparison）。比较文学就是要恢复被巴登斯佩哲所讽刺和抛弃的"找点类似点"的平行比较研究。因为平行研究的可比性，正是类同性。正如韦勒克所说，"比较的价值既存在于事实联系的影响研究中，也存在于毫无历史关系的语言现象或类型的平等对比中。"恢复平行比较研究、跨学科研究，形成了以"找点类似点"的平行研究和跨学科研究为特征的比较文学美国学派学科理论和方法论体系。美国学派的学科理论以"类型学"、"比较诗学"、"跨学科比较"为主，并拓展原属于影响研究的"主题学"、"文类学"等领域，大大扩展比较文学研究领域。

二、比较文学的三个阶段

下面，我们从比较文学的三个学科理论阶段，进一步剖析比较文学不同阶段的学科理论特征。现代意义上的比较文学学科发展以"跨越"与"沟通"为目标，形成了类似"层叠"式、"涟漪"式的发展模式，经历了三个重要的学科理论阶段，即：

一、欧洲阶段，比较文学的成形期；二、美洲阶段，比较文学的转型期；三、亚洲阶段，比较文学的拓展期。我们将比较文学三个阶段的发展称之为"涟漪式"结构，实际上是揭示了比较文学学科理论的继承与创新的辩证关系：比较文学学科理论的发展，不是以新的理论否定和取代先前的理论，而是层叠式、累进式地形成"涟漪"式的包容性发展模式，逐步积累推进。比较文学学科理论发展呈现为层叠式、"涟漪"式、包容式的发展模式。我们把这个模式描绘如下：

法国学派主张比较文学是国际文学关系，是不同国家文学的影响关系。形成学科理论第一圈层：比较文学——影响研究；美国学派主张恢复平行比较，形成学科理论第二圈层：比较文学——影响研究＋平行研究＋跨学科研究；中国学派提出跨文明研究和变异研究，形成学科理论第三圈层：比较文学——影响研究＋平行研究＋跨学科研究＋跨文明研究＋变异研究。这三个圈层并不互相排斥和否定，而是继承和包容。我们将比较文学三个阶段的发展称之为层叠式、"涟漪"式、包容式结构，实际上是揭示了比较文学学科理论的继承与创新的辩证关系。

法国学派提出，可比性的第一个立足点是同源性，由关系构成的同源性。同源性主要是针对影响关系研究而言的。法国学派将同源性视作可比性的核心，认为影响研究的可比性是同源性。所谓同源性，指的是通过对不同国家、不同民族和不同语言的文学的文学关系研究，寻求一种有事实联系的同源关系，这种影响的同源关系可以通过直接、具体的材料得以证实。同源性往往建立在一条可追溯关系的三点一线的"影响路线"之上，这条路线由发送者、接受者和传递者三部分构成。如果没有相同的源流，也就不可能有影响关系，也就谈不上可比性，这就是"同源性"。以渊源学、流传学和媒介学作为研究的中心，依靠具体的事实材料在国别文学之间寻求主题、题材、文体、原型、思想渊源等方面的同源影响关系。注重事实性的关联和渊源性的影响，并采用严谨的实证方法，重视对史料的搜集和求证，具有重要的学术价值与学术意义，仍然具有广阔的研究前景。渊源学的例子：杨宪益，《西方十四行诗的渊源》。

比较文学学科理论的第二阶段在美洲，第二阶段是比较文学学科理论的转型期。从 20 世纪 60 年代以来，比较文学研究的主要阵地逐渐从法国转向美国，平行研究的可比性是什么？是类同性。类同性是指是没有文学影响关系的不同国家文学所表现出的相似和契合之处。以类同性为基本立足点的平行研究与影响研究一样都是超出国界的文学研究，但它不涉及影响关系研究的放送、流传、媒介等问题。平行研究强调不同国家的作家、作品、文学现象的类同比较，比较结果是总结出于文学作品的美学价值及文学发展具有规律性的东西。其比较必须具有可比性，这个可比性就是类同性。研究文学中类同的：风格、结构、内容、形式、流派、情节、技巧、手法、情调、形象、主题、文类、文学思潮、文学理论、文学规律。例如钱钟书《通感》认为，中国诗文有一种描写手法，古代批评家和修辞学家似乎都没有拈出。宋祁《玉楼春》词有句名句："红杏枝头春意闹。"这与西方的通感描写手法可以比较。

比较文学的又一次危机：比较文学的死亡

九十年代，欧美学者提出，比较文学作为一门学科已经死亡！最早是英国学者苏珊·巴斯奈特 1993 年她在《比较文学》一书中提出了比较文学的死亡论，认为比较文学作为一门学科，在某种意义上已经死亡。尔后，美国学者斯皮瓦克写了一部比较文学专著，书名就叫《一个学科的死亡》。为什么比较文学会死亡，斯皮瓦克的书中并没有明确回答！为什么西方学者会提出比较文学死亡论？全世界比较文学界都十分困惑。我们认为，20 世纪 90 年代以来，欧美比较文学继"理论热"之后，又出现了大规模的"文化转向"。脱离了比较文学的基本立场。首先是不比较，即不讲比较文学的可比性问题。西方比较文学研究充斥大量的 Culture Studies（文化研究），已经不考虑比较的合理性，不考虑比较文学的可比性问题。第二是不文学，即不关心文学问题。西方学者热衷于文化研究，关注的已经不是文学性，而是精神分析、政治、性别、阶级、结构等等。最根本的原因，是比较文学学科长期囿于西方中心论，有意无意地回避东西方不同文明文学的比较问题，基本上忽略了学科理论的新生长点，比较文学学科理论缺乏创新，严重忽略了比较文学的差异性和变异性。

要克服比较文学的又一次危机，就必须打破西方中心论，克服比较文学学科理论一味求同的比较文学学科理论模式，提出适应当今全球化比较文学研究的新话语。中国学派，正是在此次危机中，提出了比较文学变异学研究，总结出了新的学科理论话语和一套新的方法论。

中国大陆第一部比较文学概论性著作是卢康华、孙景尧所著《比较文学导论》，该书指出："什么是比较文学？现在我们可以借用我国学者季羡林先生的解释来回答了：'顾名思义，比较文学就是把不同国家的文学拿出来比较，这可以说是狭义的比较文学。广义的比较文学是把文学同其他学科来比较，包括人文科学和社会科学'。"[1]这个定义可以说是美国雷马克定义的翻版。不过，该书又接着指出："我们认为最精炼易记的还是我国学者钱钟书先生的说法：'比较文学作为一门专门学科，则专指跨越国界和语言界限的文学比较'。更具体地说，就是把不同国家不同语言的文学现象放在一起进行比较，研究他们在文艺理论、文学思潮，具体作家、作品之间的互相影响。"[2]这个定义似乎更接近法国学派的定义，没有强调平行比较与跨学科比较。紧接该书之后的教材是陈挺的《比较文学简编》，该书仍旧以"广义"与"狭义"来解释比较文学的定义，指出："我们认为，通常说的比较文学是狭义的，即指超越国家、民族和语言界限的文学研究……广义的比较文学还可以包括文学与其他艺术（音乐、绘画等）与其他意识形态（历史、哲学、政治、宗教等）之间的相互关系的研究。"[3]中国比较文学早期对于比较文学的定义中凸显了很强的不确定性。

由乐黛云主编，高等教育出版社 1988 年的《中西比较文学教程》，则对比较文学定义有了较为深入的认识，该书在详细考查了中外不同的定义之后，该书指出："比较文学不应受到语言、民族、国家、学科等限制，而要走向一种开放性，力图寻求世界文学发展的共同规律。"[4]"世界文学"概念的纳入极大拓宽了比较文学的内涵，为"跨文化"定义特征的提出做好了铺垫。

随着时间的推移，学界的认识逐步深化。1997 年，陈惇、孙景尧、谢天振主编的《比较文学》提出了自己的定义："把比较文学看作跨民族、跨语言、跨文化、跨学科的文学研究，更符合比较文学的实质，更能反映现阶段人们对于比较文学的认识。"[5]2000 年北京师范大学出版社出版了《比较文学概论》修订本，提出："什么是比较文学呢？比较文学是一种开放式的文学研究，它具有宏观的视野和国际的角度，以跨民族、跨语言、跨文化、跨学科界限的各种文学关系为研究对象，在理论和方法上，具有比较的自觉意识和兼容并包的特色。"[6]这是我们目前所看到的国内较有特色的一个定义。

---

1 卢康华、孙景尧著《比较文学导论》，黑龙江人民出版社 1984，第 15 页。
2 卢康华、孙景尧著《比较文学导论》，黑龙江人民出版社 1984 年版。
3 陈挺《比较文学简编》，华东师范大学出版社 1986 年版。
4 乐黛云主编《中西比较文学教程》，高等教育出版社 1988 年版。
5 陈惇、孙景尧、谢天振主编《比较文学》，高等教育出版社 1997 年版。
6 陈惇、刘象愚《比较文学概论》，北京师范大学出版社 2000 年版。

　　具有代表性的比较文学定义是 2002 年出版的杨乃乔主编的《比较文学概论》一书，该书的定义如下："比较文学是以跨民族、跨语言、跨文化与跨学科为比较视域而展开的研究，在学科的成立上以研究主体的比较视域为安身立命的本体，因此强调研究主体的定位，同时比较文学把学科的研究客体定位于民族文学之间与文学及其他学科之间的三种关系：材料事实关系、美学价值关系与学科交叉关系，并在开放与多元的文学研究中追寻体系化的汇通。"[7]方汉文则认为："比较文学作为文学研究的一个分支学科，它以理解不同文化体系和不同学科间的同一性和差异性的辩证思维为主导，对那些跨越了民族、语言、文化体系和学科界限的文学现象进行比较研究，以寻求人类文学发生和发展的相似性和规律性。"[8]由此而引申出的"跨文化"成为中国比较文学学者对于比较文学定义所做出的历史性贡献。

　　我在《比较文学教程》中对比较文学定义表述如下："比较文学是以世界性眼光和胸怀来从事不同国家、不同文明和不同学科之间的跨越式文学比较研究。它主要研究各种跨越中文学的同源性、变异性、类同性、异质性和互补性，以影响研究、变异研究、平行研究、跨学科研究、总体文学研究为基本方法论，其目的在于以世界性眼光来总结文学规律和文学特性，加强世界文学的相互了解与整合，推动世界文学的发展。"[9]在这一定义中，我再次重申"跨国""跨学科""跨文明"三大特征，以"变异性""异质性"突破东西文明之间的"第三堵墙"。

　　"首在审己，亦必知人"。中国比较文学学者在前人定义的不断论争中反观自身，立足中国经验、学术传统，以中国学者之言为比较文学的危机处境贡献学科转机之道。

三、两岸共建比较文学话语——比较文学中国学派

　　中国学者对于比较文学定义的不断明确也促成了"比较文学中国学派"的生发。得益于两岸几代学者的垦拓耕耘，这一议题成为近五十年来中国比较文学发展中竖起的最鲜明、最具争议性的一杆大旗，同时也是中国比较文学学科理论研究最有创新性，最亮丽的一道风景线。

7　杨乃乔主编《比较文学概论》，北京大学出版社 2002 年版。
8　方汉文《比较文学基本原理》，苏州大学出版社 2002 年版。
9　曹顺庆《比较文学教程》，高等教育出版社 2006 年版。

　　比较文学"中国学派"这一概念所蕴含的理论的自觉意识最早出现的时间大约是 20 世纪 70 年代。当时的台湾由于派出学生留洋学习，接触到大量的比较文学学术动态，率先掀起了中外文学比较的热潮。1971 年 7 月在台湾淡江大学召开的第一届"国际比较文学会议"上，朱立元、颜元叔、叶维廉、胡辉恒等学者在会议期间提出了比较文学的"中国学派"这一学术构想。同时，李达三、陈鹏翔（陈慧桦）、古添洪等致力于比较文学中国学派早期的理论催生。如 1976 年，古添洪、陈慧桦出版了台湾比较文学论文集《比较文学的垦拓在台湾》。编者在该书的序言中明确提出："我们不妨大胆宣言说，这援用西方文学理论与方法并加以考验、调整以用之于中国文学的研究，是比较文学中的中国派"[10]。这是关于比较文学中国学派较早的说明性文字，尽管其中提到的研究方法过于强调西方理论的普世性，而遭到美国和中国大陆比较文学学者的批评和否定；但这毕竟是第一次从定义和研究方法上对中国学派的本质进行了系统论述，具有开拓和启明的作用。后来，陈鹏翔又在台湾《中外文学》杂志上连续发表相关文章，对自己提出的观点作了进一步的阐释和补充。

　　在"中国学派"刚刚起步之际，美国学者李达三起到了启蒙、催生的作用。李达三于 60 年代来华在台湾任教，为中国比较文学培养了一批朝气蓬勃的生力军。1977 年 10 月，李达三在《中外文学》6 卷 5 期上发表了一篇宣言式的文章《比较文学中国学派》，宣告了比较文学的中国学派的建立，并认为比较文学中国学派旨在"与比较文学中早已定于一尊的西方思想模式分庭抗礼。由于这些观念是源自对中国文学及比较文学有兴趣的学者，我们就将含有这些观念的学者统称为比较文学的'中国'学派。"并指出中国学派的三个目标：1、在自己本国的文学中，无论是理论方面或实践方面，找出特具"民族性"的东西，加以发扬光大，以充实世界文学；2、推展非西方国家"地区性"的文学运动，同时认为西方文学仅是众多文学表达方式之一而已；3、做一个非西方国家的发言人，同时并不自诩能代表所有其他非西方的国家。李达三后来又撰文对比较文学研究状况进行了分析研究，积极推动中国学派的理论建设。[11]

　　继中国台湾学者垦拓之功，在 20 世纪 70 年代末复苏的大陆比较文学研

---

10 古添洪、陈慧桦《比较文学的垦拓在台湾》，台湾东大图书公司 1976 年版。
11 李达三《比较文学研究之新方向》，台湾联经事业出版公司 1978 年版。

究亦积极参与了"比较文学中国学派"的理论建设和学科建设。

季羡林先生 1982 年在《比较文学译文集》的序言中指出:"以我们东方文学基础之雄厚,历史之悠久,我们中国文学在其中更占有独特的地位,只要我们肯努力学习,认真钻研,比较文学中国学派必然能建立起来,而且日益发扬光大"[12]。1983 年 6 月,在天津召开的新中国第一次比较文学学术会议上,朱维之先生作了题为《比较文学中国学派的回顾与展望》的报告,在报告中他旗帜鲜明地说:"比较文学中国学派的形成(不是建立)已经有了长远的源流,前人已经做出了很多成绩,颇具特色,而且兼有法、美、苏学派的特点。因此,中国学派绝不是欧美学派的尾巴或补充"[13]。1984 年,卢康华、孙景尧在《比较文学导论》中对如何建立比较文学中国学派提出了自己的看法,认为应当以马克思主义作为自己的理论基础,以我国的优秀传统与民族特色为立足点与出发点,汲取古今中外一切有用的营养,去努力发展中国的比较文学研究。同年在《中国比较文学》创刊号上,朱维之、方重、唐弢、杨周翰等人认为中国的比较文学研究应该保持不同于西方的民族特点和独立风貌。1985 年,黄宝生发表《建立比较文学的中国学派:读〈中国比较文学〉创刊号》,认为《中国比较文学》创刊号上多篇讨论比较文学中国学派的论文标志着大陆对比较文学中国学派的探讨进入了实际操作阶段。[14]1988 年,远浩一提出"比较文学是跨文化的文学研究"(载《中国比较文学》1988 年第 3期)。这是对比较文学中国学派在理论特征和方法论体系上的一次前瞻。同年,杨周翰先生发表题为"比较文学:界定'中国学派',危机与前提"(载《中国比较文学通讯》1988 年第 2 期),认为东方文学之间的比较研究应当成为"中国学派"的特色。这不仅打破比较文学中的欧洲中心论,而且也是东方比较学者责无旁贷的任务。此外,国内少数民族文学的比较研究,也应该成为"中国学派"的一个组成部分。所以,杨先生认为比较文学中的大量问题和学派问题并不矛盾,相反有助于理论的讨论。1990 年,远浩一发表"关于'中国学派'"(载《中国比较文学》1990 年第 1 期),进一步推进了"中国学派"的研究。此后直到 20 世纪 90 年代末,中国学者就比较文学中国学派的建立、理论与方法以及相应的学科理论等诸多问题进行了积极而富有成效的探讨。

12 张隆溪《比较文学译文集》,北京大学出版社 1984 年版。
13 朱维之《比较文学论文集》,南开大学出版社 1984 年版。
14 参见《世界文学》1985 年第 5 期。

刘介民、远浩一、孙景尧、谢天振、陈淳、刘象愚、杜卫等人都对这些问题付出过不少努力。《暨南学报》1991 年第 3 期发表了一组笔谈，大家就这个问题提出了意见，认为必须打破比较文学研究中长期存在的法美研究模式，建立比较文学中国学派的任务已经迫在眉睫。王富仁在《学术月刊》1991 年第 4 期上发表"论比较文学的中国学派问题"，论述中国学派兴起的必然性。而后，以谢天振等学者为代表的比较文学研究界展开了对"X+Y"模式的批判。比较文学在大陆复兴之后，一些研究者采取了"X+Y"式的比附研究的模式，在发现了"惊人的相似"之后便万事大吉，而不注意中西巨大的文化差异性，成为了浅度的比附性研究。这种情况的出现，不仅是中国学者对比较文学的理解上出了问题，也是由于法美学派研究理论中长期存在的研究模式的影响，一些学者并没有深思中国与西方文学背后巨大的文明差异性，因而形成"X+Y"的研究模式，这更促使一些学者思考比较文学中国学派的问题。

经过学者们的共同努力，比较文学中国学派一些初步的特征和方法论体系逐渐凸显出来。1995 年，我在《中国比较文学》第 1 期上发表《比较文学中国学派基本理论特征及其方法论体系初探》一文，对比较文学在中国复兴十余年来的发展成果作了总结，并在此基础上总结出中国学派的理论特征和方法论体系，对比较文学中国学派作了全方位的阐述。继该文之后，我又发表了《跨越第三堵'墙'创建比较文学中国学派理论体系》等系列论文，论述了以跨文化研究为核心的"中国学派"的基本理论特征及其方法论体系。这些学术论文发表之后在国内外比较文学界引起了较大的反响。台湾著名比较文学学者古添洪认为该文"体大思精，可谓已综合了台湾与大陆两地比较文学中国学派的策略与指归，实可作为'中国学派'在大陆再出发与实践的蓝图"[15]。

在我撰文提出比较文学中国学派的基本特征及方法论体系之后，关于中国学派的论争热潮日益高涨。反对者如前国际比较文学学会会长佛克马（Douwe Fokkema）1987 年在中国比较文学学会第二届学术讨论会上就从所谓的国际观点出发对比较文学中国学派的合法性提出了质疑，并坚定地反对建立比较文学中国学派。来自国际的观点并没有让中国学者失去建立比较文学中国学派的热忱。很快中国学者智量先生就在《文艺理论研究》1988 年第

---

15 古添洪《中国学派与台湾比较文学界的当前走向》，参见黄维梁编《中国比较文学理论的垦拓》167 页，北京大学出版社 1998 年版。

1 期上发表题为《比较文学在中国》一文，文中援引中国比较文学研究取得的成就，为中国学派辩护，认为中国比较文学研究成绩和特色显著，尤其在研究方法上足以与比较文学研究历史上的其他学派相提并论，建立中国学派只会是一个有益的举动。1991 年，孙景尧先生在《文学评论》第 2 期上发表《为"中国学派"一辩》，孙先生认为佛克马所谓的国际主义观点实质上是"欧洲中心主义"的观点，而"中国学派"的提出，正是为了清除东西方文学与比较文学学科史中形成的"欧洲中心主义"。在 1993 年美国印第安纳大学举行的全美比较文学会议上，李达三仍然坚定地认为建立中国学派是有益的。二十年之后，佛克马教授修正了自己的看法，在 2007 年 4 月的"跨文明对话——国际学术研讨会（成都）"上，佛克马教授公开表示欣赏建立比较文学中国学派的想法[16]。即使学派争议一派繁荣景象，但最终仍旧需要落点于学术创见与成果之上。

比较文学变异学便是中国学派的一个重要理论创获。2005 年，我正式在《比较文学学》[17]中提出比较文学变异学，提出比较文学研究应该从"求同"思维中走出来，从"变异"的角度出发，拓宽比较文学的研究。通过前述的法、美学派学科理论的梳理，我们也可以发现前期比较文学学科是缺乏"变异性"研究的。我便从建构中国比较文学学科理论话语体系入手，立足《周易》的"变异"思想，建构起"比较文学变异学"新话语，力图以中国学者的视角为全世界比较文学学科理论提供一个新视角、新方法和新理论。

比较文学变异学的提出根植于中国哲学的深层内涵，如《周易》之"易之三名"所构建的"变易、简易、不易"三位一体的思辨意蕴与意义生成系统。具体而言，"变易"乃四时更替、五行运转、气象畅通、生生不息；"不易"乃天上地下、君南臣北、纲举目张、尊卑有位；"简易"则是乾以易知、坤以简能、易则易知、简则易从。显然，在这个意义结构系统中，变易强调"变"，不易强调"不变"，简易强调变与不变之间的基本关联。万物有所变，有所不变，且变与不变之间存在简单易从之规律，这是一种思辨式的变异模式，这种变异思维的理论特征就是：天人合一、物我不分、对立转化、整体关联。这是中国古代哲学最重要的认识论，也是与西方哲学所不同的"变异"思想。

---

16 见《比较文学报》2007 年 5 月 30 日，总第 43 期。

17 曹顺庆《比较文学学》，四川大学出版社 2005 年版。

由哲学思想衍生于学科理论，比较文学变异学是"指对不同国家、不同文明的文学现象在影响交流中呈现出的变异状态的研究，以及对不同国家、不同文明的文学相互阐发中出现的变异状态的研究。通过研究文学现象在影响交流以及相互阐发中呈现的变异，探究比较文学变异的规律。"[18]变异学理论的重点在求"异"的可比性，研究范围包含跨国变异研究、跨语际变异研究、跨文化变异研究、跨文明变异研究、文学的他国化研究等方面。比较文学变异学所发现的文化创新规律、文学创新路径是基于中国所特有的术语、概念和言说体系之上探索出的"中国话语"，作为比较文学第三阶段中国学派的代表性理论已经受到了国际学界的广泛关注与高度评价，中国学术话语产生了世界性影响。

四、国际视野中的中国比较文学

文明之墙让中国比较文学学者所提出的标识性概念获得国际视野的接纳、理解、认同以及运用，经历了跨语言、跨文化、跨文明的多重关卡，国际视野下的中国比较文学书写亦经历了一个从"遍寻无迹""只言片语"而"专篇专论"，从最初的"话语乌托邦"至"阶段性贡献"的过程。

二十世纪六十年代以来港台学者致力于从课程教学、学术平台、人才培养，国内外学术合作等方面巩固比较文学这一新兴学科的建立基石，如淡江文理学院英文系开设的"比较文学"（1966），香港大学开设的"中西文学关系"（1966）等课程；台湾大学外文系主编出版之《中外文学》月刊、淡江大学出版之《淡江评论》季刊等比较文学研究专刊；后又有台湾比较文学学会（1973 年）、香港比较文学学会（1978）的成立。在这一系列的学术环境构建下，学者前贤以"中国学派"为中国比较文学话语核心在国际比较文学学科理论、方法论中持续探讨，率先启声。例如李达三在 1980 年香港举办的东西方比较文学学术研讨会成果中选取了七篇代表性文章，以 *Chinese-Western Comparative Literature: Theory and Strategy* 为题集结出版，[19]并在其结语中附上那篇"中国学派"宣言文章以申明中国比较文学建立之必要。

学科开山之际，艰难险阻之巨难以想象，但从国际学者相关言论中可见西方对于中国比较文学学科的发展抱有的希望渺小。厄尔·迈纳（Earl Miner）

---

18 曹顺庆主编《比较文学概论》，高等教育出版社 2015 年版。

19 *Chinese-Western Comparative Literature：Theory & Strategy*, Chinese Univ Pr.1980-6

在 1987 年发表的 *Some Theoretical and Methodological Topics for Comparative Literature* 一文中谈到当时西方的比较文学鲜有学者试图将非西方材料纳入西方的比较文学研究中。(until recently there has been little effort to incorporate non-Western evidence into Western com- parative study.) 1992 年，斯坦福大学教授 David Palumbo-Liu 直接以《话语的乌托邦：论中国比较文学的不可能性》为题 (*The Utopias of Discourse: On the Impossibility of Chinese Comparative Literature*) 直言中国比较文学本质上是一项"乌托邦"工程。(My main goal will be to show how and why the task of Chinese comparative literature, particularly of pre-modern literature, is essentially a *utopian* project.) 这些对于中国比较文学的诘难与质疑，今美国加州大学圣地亚哥分校文学系主任张英进教授在其 1998 编著的 *China in a polycentric world: essays in Chinese comparative literature* 前言中也不得不承认中国比较文学研究在国际学术界中仍然处于边缘地位 (The fact is, however, that Chinese comparative literature remained marginal in academia, even though it has developed closely with the rest of literary studies in the United Stated and even though China has gained increasing importance in the geopolitical world order over the past decades.)。[20]但张英进教授也展望了下一个千年中国比较文学研究的蓝景。

新的千年新的气象，"世界文学""全球化"等概念的冲击下，让西方学者开始注意到东方，注意到中国。如普渡大学教授斯蒂文·托托西（Tötösy de Zepetnek, Steven）1999 年发长文 *From Comparative Literature Today Toward Comparative Cultural Studies* 阐明比较文学研究更应该注重文化的全球性、多元性、平等性而杜绝等级划分的参与。托托西教授注意到了在法德美所谓传统的比较文学研究重镇之外，例如中国、日本、巴西、阿根廷、墨西哥、西班牙、葡萄牙、意大利、希腊等地区，比较文学学科得到了出乎意料的发展 (emerging and developing strongly)。在这篇文章中，托托西教授列举了世界各地比较文学研究成果的著作，其中中国地区便是北京大学乐黛云先生出版的代表作品。托托西教授精通多国语言，研究视野也常具跨越性，新世纪以来也致力于以跨越性的视野关注世界各地比较文学研究的动向。[21]

---

20 Moran T . Yingjin Zhang, Ed. China in a Polycentric World: Essays in Chinese Comparative Literature[J].现代中文文学学报,2000,4(1):161-165.

21 Tötösy de Zepetnek, Steven. "From Comparative Literature Today Toward Comparative Cultural Studies." CLCWeb: Comparative Literature and Culture 1.3 (1999):

以上这些国际上不同学者的声音一则质疑中国比较文学建设的可能性，一则观望着这一学科在非西方国家的复兴样态。争议的声音不仅在国际学界，国内学界对于这一新兴学科的全局框架中涉及的理论、方法以及学科本身的立足点，例如前文所说的比较文学的定义，中国学派等等都处于持久论辩的漩涡。我们也通晓如果一直处于争议的漩涡中，便会被漩涡所吞噬，只有将论辩化为成果，才能转漩涡为涟漪，一圈一圈向外辐射，国际学人也在等待中国学者自己的声音。

上海交通大学王宁教授作为中国比较文学学者的国际发声者自 20 世纪末至今已撰文百余篇，他直言，全球化给西方学者带来了学科死亡论，但是中国比较文学必将在这全球化语境中更为兴盛，中国的比较文学学者一定会对国际文学研究做出更大的贡献。新世纪以来中国学者也不断地将自身的学科思考成果呈现在世界之前。2000 年，北京大学周小仪教授发文（*Comparative Literature in China*）[22]率先从学科史角度构建了中国比较文学在两个时期（20世纪 20 年代至 50 年代，70 年代至 90 年代）的发展概貌，此文关于中国比较文学的复兴崛起是源自中国文学现代性的产生这一观点对美国芝加哥大学教授苏源熙（Haun Saussy）影响较深。苏源熙在 2006 年的专著 *Comparative Literature in an Age of Globalization* 中对于中国比较文学的讨论篇幅极少，其中心便是重申比较文学与中国文学现代性的联系。这篇文章也被哈佛大学教授大卫·达姆罗什（David Damrosch）收录于《普林斯顿比较文学资料手册》（*The Princeton Sourcebook in Comparative Literature*，2009[23]）。类似的学科史介绍在英语世界与法语世界都接续出现，以上大致反映了中国学者对于中国比较文学研究的大概描述在西学界的接受情况。学科史的构架对于国际学术对中国比较文学发展脉络的把握很有必要，但是在此基础上的学科理论实践才是关系于中国比较文学学科国际性发展的根本方向。

我在 20 世纪 80 年代以来 40 余年间便一直思考比较文学研究的理论构建问题，从以西方理论阐释中国文学而造成的中国文艺理论"失语症"思考

---

22 Zhou, Xiaoyi and Q.S. Tong, "Comparative Literature in China", Comparative Literature and Comparative Cultural Studies, ed., Totosy de Zepetnek, West Lafayette, Indiana: Purdue University Press, 2003, 268-283.

23 Damrosch, David (EDT)*The Princeton Sourcebook in Comparative Literature*: Princeton University Press

属于中国比较文学自身的学科方法论，从跨异质文化中产生的"文学误读""文化过滤""文学他国化"提出"比较文学变异学"理论。历经 10 年的不断思考，2013 年，我的英文著作: *The Variation Theory of Comparative Literature*（《比较文学变异学》），由全球著名的出版社之一斯普林格（Springer）出版社出版，并在美国纽约、英国伦敦、德国海德堡出版同时发行。*The Variation Theory of Comparative Literature*（《比较文学变异学》）系统地梳理了比较文学法国学派与美国学派研究范式的特点及局限，首次以全球通用的英语语言提出了中国比较文学学科理论新话语："比较文学变异学"。这一新概念、新范畴和新表述，引导国际学术界展开了对变异学的专刊研究（如普渡大学创办刊物《比较文学与文化》2017 年 19 期）和讨论。

欧洲科学院院士、西班牙圣地亚哥联合大学让·莫内讲席教授、比较文学系教授塞萨尔·多明戈斯教授（Cesar Dominguez），及美国科学院院士、芝加哥大学比较文学教授苏源熙（Haun Saussy）等学者合著的比较文学专著（Introducing Comparative literature: New Trends and Applications[24]）高度评价了比较文学变异学。苏源熙引用了《比较文学变异学》（英文版）中的部分内容，阐明比较文学变异学是十分重要的成果。与比较文学法国学派和美国学派形成对比，曹顺庆教授倡导第三阶段理论，即，新奇的、科学的中国学派的模式，以及具有中国学派本身的研究方法的理论创新与中国学派"（《比较文学变异学》(英文版)第 43 页）。通过对"中西文化异质性的"跨文明研究"，曹顺庆教授的看法会更进一步的发展与进步（《比较文学变异学》(英文版)第 43 页），这对于中国文学理论的转化和西方文学理论的意义具有十分重要的价值。（"Another important contribution in the direction of an imparative comparative literature-at least as procedure-is Cao Shunqing's 2013 *The Variation Theory of Comparative Literature*. In contrast to the "French School" and "American School" of comparative Literature, Cao advocates a "third-phrase theory", namely, "a novel and scientific mode of the Chinese school," a "theoretical innovation and systematization of the Chinese school by relying on our *own* methods" (*Variation Theory* 43; emphasis added). From this etic beginning, his proposal moves forward emically by developing a "cross-civilizaional study on the heterogeneity between

---

24 Cesar Dominguez,Haun Saussy,Dario Villanueva Introducing Comparative literature: New Trends and Applications，Routledge,2015

Chinese and Western culture" (43), which results in both the foreignization of Chinese literary theories and the Signification of Western literary theories.)

法国索邦大学（Sorbonne University）比较文学系主任伯纳德·弗朗科（Bernard Franco）教授在他出版的专著（《比较文学：历史、范畴与方法》）*La littératurecomparée: Histoire, domaines, méthodes* 中以专节引述变异学理论，他认为曹顺庆教授提出了区别于影响研究与平行研究的"第三条路"，即"变异理论"，这对应于观点的转变，从"跨文化研究"到"跨文明研究"。变异理论基于不同文明的文学体系相互碰撞为形式的交流过程中以产生新的文学元素，曹顺庆将其定义为"研究不同国家的文学现象所经历的变化"。因此曹顺庆教授提出的变异学理论概述了一个新的方向，并展示了比较文学在不同语言和文化领域之间建立多种可能的桥梁。（Il évoque l'hypothèse d'une troisième voie, la « théorie de la variation », qui correspond à un déplacement du point de vue, de celui des « études interculturelles » vers celui des « études transcivilisationnelles . » Cao Shunqing la définit comme « l'étude des variations subies par des phénomènes littéraires issus de différents pays, avec ou sans contact factuel, en même temps que l'étude comparative de l'hétérogénéité et de la variabilité de différentes expressions littéraires dans le même domaine ».Cette hypothèse esquisse une nouvelle orientation et montre la multiplicité des passerelles possibles que la littérature comparée établit entre domaines linguistiques et culturels différents.) [25]。

美国哈佛大学（Harvard University）厄内斯特·伯恩鲍姆讲席教授、比较文学教授大卫·达姆罗什（David Damrosch）对该专著尤为关注。他认为《比较文学变异学》（英文版）以中国视角呈现了比较文学学科话语的全球传播的有益尝试。曹顺庆教授对变异的关注提供了较为适用的视角，一方面超越了亨廷顿式简单的文化冲突模式，另一方面也跨越了同质性的普遍化。[26]国际学界对于变异学理论的关注已经逐渐从其创新性价值探讨延伸至文学研究，例如斯蒂文·托托西近日在 *Cultura* 发表的（Peripheralities: "Minor" Literatures, Women's Literature, and Adrienne Orosz de Csicser's Novels）一文中便成功地将变异学理论运用于阿德里安·奥罗兹的小说研究中。

---

25 Bernard Franco La littératurecomparée: Histoire, domaines, méthodes，Armand Colin 2016.

26 David Damrosch Comparing the Literatures,Literary Studies in a Global Age,Princeton University Press,2020.

国际学界对于比较文学变异学的认可也证实了变异学作为一种普遍性理论提出的初衷，其合法性与适用性将在不同文化的学者实践中巩固、拓展与深化。它不仅仅是跨文明研究的方法，而是一种具有超越影响研究和平行研究，超越西方视角或东方视角的宏大视野、一种建立在文化异质性和变异性基础之上的融汇创生、一种追求世界文学和总体问题最终理想的哲学关怀。

以如此篇幅展现中国比较文学之况，是因为中国比较文学研究本就是在各种危机论、唱衰论的压力下，各种质疑论、概念论中艰难前行，不探源溯流难以体察今日中国比较文学研究成果之不易。文明的多样性发展离不开文明之间的交流互鉴。最具"跨文明"特征的比较文学学科更需要文明之间成果的共享、共识、共析与共赏，这是我们致力于比较文学研究领域的学术理想。

千里之行，不积跬步无以至，江海之阔，不积细流无以成！如此宏大的一套比较文学研究丛书得承花木兰总编辑杜洁祥先生之宏志，以及该公司同仁之辛劳，中国比较文学学者之鼎力相助，才可顺利集结出版，在此我要衷心向诸君表达感谢！中国比较文学研究仍有一条长远之途需跋涉，期以系列丛书一展全貌，愿读者诸君敬赐高见！

曹顺庆

二零二一年十月二十三日于成都锦丽园

目

次

威廉·华兹华斯的入世与出世考察

威廉·华兹华斯（William Wordsworth, 1770-1850）[1]到底是俗人还是隐士？这并非非彼即此、非此即彼这么简单，而是一个亦彼亦此的、较为复杂的问题。本文拟从华兹华斯的入世、出世、入世与出世的矛盾心理三个方面着手，对这一问题作个较为详细的考察。

一、入世

亚里士多德（Αριστοτέλης, 前384-前322）在《政治学》（Πολιτικά）中说："人天生是一种政治动物。"[2]如果把这一论断延伸开来，那么基本上就可以说"人天生是一种社会动物"了。人皆是社会的人，身心彻底脱离社会、完全处于自然状态的人是找不到的，隐士也不例外，只是他们身上的社会性比普通人少一些而已。况且华兹华斯并不是天生的隐逸之士，他最初也同普通人一样，是主张和身体力行的入世之士。入世之粗浅动机是追求物质财富，即追求

---

1 William Wordsworth："William"译作"威廉"，无疑。"Wordsworth"则不然，有多译。迄今所见，凡三十有一种："华兹华斯"、"华特斯华斯"、"华兹华斯"、"华滋渥斯"、"华兹渥斯"、"华德司华斯"、"华资活次"、"华资渥斯"、"华资渥兹"、"华次华斯"、"华次活斯"、"华次活"、"华次华士"、"华次奂绥"、"华茨活斯"、"华茨华斯"、"华滋华绥"、"华治华司"、"威志威斯"、"威至威士"、"渥兹渥斯"、"渥志华"、"屋茨渥斯"、"沃德沃斯"、"沃兹沃斯"、"涯茨沃兹"、"瓦池渥司"、"胡慈华士"、"阜兹活斯"、"奂兹奂斯"与"涡慈涡斯"。目前学术界普遍接受、普遍采纳的是"华兹华斯"，本文亦从此译。
2 〔古希腊〕亚里士多德著《政治学》，吴寿彭译，北京：商务印书馆1981年版，第19页。

借以维持自己或自己及家人一般或较高水准之生活资料，华兹华斯做律师，当记者，任税务官，其初衷不外乎如此。入世之高级动机乃是追求自身价值，实现人生理想。

　　华兹华斯的入世主要体现在追求革命理想上。华兹华斯所处的年代，正是西欧封建社会寿终正寝、资本主义社会破壳而出的社会大变革时期。由于对旧的社会制度的失望和对新的社会制度的向往，生活于这一时代的人民自然对资产阶级革命寄予厚重的期望，对革命怀有崇高的理想。华兹华斯认为，诗歌具有超越个人的性质，能表达普遍的人性，他在《抒情歌谣集》（*The Lyrical Ballads*）序言中宣称，"诗人唱的歌全人类都跟他合唱"[3]。他在他诗歌中所表达的普遍人性，是对旧的政体、政治的厌恶和对新的政体、政治的歌颂。他主张以政治的手段医治社会的悲哀。他在《有关童年的诗》（*Poems Written in Youth*）里的《罪恶和悲伤，或发生在索尔兹伯里平原的事情》（"Guilt and Sorry, or Incidents upon Salisbury Plain"）一诗中讲，他早在少年时代就具有民主共和的观点了。类似的观点，他在《序曲》（*The Prelude*）中也有流露，第九卷《寄居法国》（"Book IX Residence in France"）第 208-214 行：

　　　　Old heroes and their sufferings and their deeds;

　　　　Yet in the regal scepter, and the pomp

　　　　Of orders and degrees, I nothing found

　　　　Them, or had ever, even in crudest youth,

　　　　That dazzled me, but rather what I mourned

　　　　And ill could brook, beholding that the best

　　　　Ruled not, and feeling that they ought to rule[4].

　　　　……当时，

　　　　或以往，甚至毫无见识的少年时，

　　　　我也并未被王权的世界迷惑，

　　　　即使它尽展令人眼花缭乱的

　　　　品位与等级。反之，当我看到理应

3　〔英〕刘若端编《十九世纪英国诗人论诗》，曹葆华、刘若端、缪灵珠、周珏良译，北京：人民文学出版社 1984 年版，第 17 页。

4　*The Collected Poetry of William Wordsworth*, Ware: Wordsworth Editions Limited, 1994, p.712.

做统治者的杰出之人不在权位，

那世界中的一切只让我悲叹和厌恶[5]。

他对君主政体和贵族政治感到不满，并在散文中气愤地予以谴责："阿谀产生恶习，显贵践踏劳动。"[6]类似之情绪亦见诸《序曲》与《素描杂咏》（"Descriptive Sketches"）。《序曲》第九卷《寄居法国》第 344-354 行：

In painting to ourselves the miseries

Of royal courts, and that voluptuous life

Unfeeling, where the man who is of soul

The meanest thrives the most; where dignity,

True personal dignity, abideth not;

A light, a cruel, and vain world out off

From the natural inlets of just sentiment,

From lowly sympathy and chastening truth:

Where good and evil interchange their names,

And tirst for bloody spois abroad is paired

With vice at home. We added dearest themes[7]——

皇家宫廷的惨状，其生活虽淫逸

骄横，却都麻木无情；在那种

地方，灵魂越卑鄙，越能飞黄

腾达；尊严，真正的个人尊严，

绝无立足之境；这是个浅薄、

残酷、浮华的世界，正义感已不能

自然地输入，普通人的同情心，以及

使人惩戒欲念的真理，也一并被切断；

善良与邪恶交换了名字，而国内的

恣意还不能尽欲，还需茹饮

5　〔英〕威廉·华兹华斯著《序曲》，丁宏为译，北京：中国对外翻译出版公司 1999 年版，第 240 页。

6　〔苏〕Н·Я 季亚科诺娃著《英国浪漫主义文学》，聂锦坡、海龙河译，沈阳：辽宁大学出版社 1990 年版，第 43 页。

7　*The Collected Poetry of William Wordsworth*, Ware: Wordsworth Editions Limited, 1994, p.714.

国外战利品的血腥[8]。

据他在《序曲》第九卷中描述，他在法国参观古代君王城址时，常能感到一阵阵骑士般的欣悦，但紧接着话锋一转，心情凝重起来了，第九卷《寄居法国》第 502-506 行：

> Hatred of absolute rule, where will of one
>
> Is law for all, and of that barren pride
>
> In them who, by immunities or unjust,
>
> Between the sovereign and the people stand,
>
> His helper and not theirs, laid stronger hold[9]
>
> 我仍痛恨专制，反对个人的
>
> 意志成为众人的法律；痛恨
>
> 那无聊的傲慢之族，他们凭不公正的
>
> 特权站在君王与人民之间，
>
> 是他的帮手，而非后者的仆人[10]。

由于对资产阶级革命怀有崇高的理想，所以他准备在将来投入到轰轰烈烈的革命运动中去。实际上，在英国浪漫主义作家中，他是唯一一位亲历法国革命的人。1789 年 7 月 14 日，巴黎人民发动第一次武装起义，攻占了象征封建专制统治的巴士底狱，揭开了法国资产阶级革命的序幕。法国革命的爆发引起了欧洲极大的反响，他在《序曲》第六卷《剑桥与阿尔卑斯山脉》（"Book VI Cambridge and Alps"）第 338-341 行中回忆道：

> Have been possessed by similar desire;
>
> But Europe at that time was thrilled with joy,
>
> France standing on the top of golden hours,
>
> And human nature seeming born again[11].
>
> ……当时的

---

8 〔英〕威廉·华兹华斯著《序曲》，丁宏为译，北京：中国对外翻译出版公司 1999 年版，第 245 页。

9 *The Collected Poetry of William Wordsworth*, Ware: Wordsworth Editions Limited, 1994, p.717.

10 〔英〕威廉·华兹华斯著《序曲》，丁宏为译，北京：中国对外翻译出版公司 1999 年版，第 250 页。

11 *The Collected Poetry of William Wordsworth*, Ware: Wordsworth Editions Limited, 1994, p.680.

> 欧洲一片欢呼雀跃，群情
>
> 激奋，法兰西正值金色的时光，
>
> 似乎人性再次在世上诞生[12]。

对于法国革命的爆发，多数英国人表示肯定和支持，认为波旁专制王朝的垮台预示着民主时代的到来。从 1789 年至 1792 年，英国的政治家和诗人一齐欢呼一个新时代的黎明的到来。查尔斯·詹姆士·福克斯（Charles James Fox, 1749-1806）宣称，攻破巴士底狱是"世界上从未有过的最伟大的事件"[13]。威廉·考珀（William Cowper, 1731-1800）也宣称，"历史上最光荣的时代"[14]即将到来。理查德·普莱斯则"纵情欢呼伟大时代的到来"[15]。贵族组织的人民之友社（Society of the Friends of the People）、中产阶级组织的宪法之音会（Society for Constitutional Information）和工人组织的伦敦通讯社（London Corresponding Society）等各种各样的社会团体如雨后春笋般地应运而生，准备为这光荣的前景工作。1792 年，苏格兰八十个社团召开了国民会议，休会时还仿效法国革命者举手宣誓："不自由毋宁死！"[16]法国革命爆发之初，华兹华斯还同革命保持着某种距离，用他自己在《序曲》第九卷《寄居法国》第329-332 行[17]中的话来说，就是：

> For he, to all intolerance indisposed,
>
> Balanced these cotemplations in his mind;
>
> And I, who at that time was scarcely dipped
>
> Into the turmoil, bore a sounder judgment[18].

12　〔英〕威廉·华兹华斯著《序曲》，丁宏为译，北京：中国对外翻译出版公司 1999 年版，第 142 页。

13　〔美〕戴维·罗伯兹著《英国史：1688 年至今》，鲁光桓译，广州：中山大学出版社 1990 年版，第 147 页。

14　〔美〕戴维·罗伯兹著《英国史：1688 年至今》，鲁光桓译，广州：中山大学出版社 1990 年版，第 147 页。

15　阎照祥著《英国史》，北京：人民出版社 2003 年版，第 265 页。

16　阎照祥著《英国史》，北京：人民出版社 2003 年版，第 266 页。

17　英语原诗标识为第 329-332 行，汉语译诗标识为第 327-331 行，分别见：*The Collected Poetry of William Wordsworth*, Ware: Wordsworth Editions Limited, 1994, p.714；〔英〕威廉·华兹华斯著《序曲》，丁宏为译，北京：中国对外翻译出版公司 1999 年版，第 244 页。这里采用英语原诗标识的第 329-332 行。

18　*The Collected Poetry of William Wordsworth*, Ware: Wordsworth Editions Limited, 1994, p.714.

偏狭，自己能在心中容纳

这些思路，做着权衡与对比；

而我由于当时尚未真正

卷入这场骚动，也还保持着

比较清醒的判断力，[19]……

他之所以采取这种态度，就是他认为法国革命不过是一种自然现象，它不会比法国艺术更为诱人，《序曲》第九卷《寄居法国》第 243-248 行：

And individual worth. And hence, O Friend!

If at the first great outbreak I rejoiced

Less than might well befit my youth, the cause

In part lay here, that unto me the events

Seemed nothing out of nature's certain course,

A gift that was come rather late than soon[20].

朋友！如果说对于那最初的爆发

我的欢呼不够热烈，不配

我生命的青春，那么部分原因

在于：我以为那事件本来就未

偏离自然的固定轨迹，是我们

早该享有的恩赐[21]。

但是，置身于这样的社会之中，他也不可能不受感染。不久，一批贵族军官的反作用使他改变了对革命的态度。在这批军官中，尤其值得一提的是米歇尔·博皮伊（Michel Beaupuy, 1755-1796）[22]。博皮伊出身贵族，母亲的家谱可追溯到米歇尔·埃康·德·蒙田（Michel Eyquem de Montaigne, 1533-1592），但他与四个兄弟及母亲都毫无保留地拥护革命。他不仅是一位积极投身革命的骑兵军官，而且也是一位熟读 18 世纪哲学的学者。1792 年，华兹华斯在法

---

19 〔英〕威廉·华兹华斯著《序曲》，丁宏为译，北京：中国对外翻译出版公司 1999 年版，第 244 页。

20 *The Collected Poetry of William Wordsworth*, Ware: Wordsworth Editions Limited, 1994, p.713.

21 〔英〕威廉·华兹华斯著《序曲》，丁宏为译，北京：中国对外翻译出版公司 1999 年版，第 241 页。

22 Beaupuy：或译"博布伊"，详见：苏文菁著《华兹华斯诗学》，北京：社会科学文献出版社 2000 年版，第 360 页。

国同他相遇、相识，他对华兹华斯产生了极大的吸引力，《序曲》第九卷《寄居法国》第 303-318 行：

> With the most noble, but unto the poor
>
> Among mankind he was in service bound,
>
> As by some tie invisible, oaths professed
>
> To a religious order. Man he loved
>
> As man; and, to the mean and the obscure,
>
> And all the homely in their homely works,
>
> Tranferred a courtesy which had no air
>
> Of condescension; but did rather seem
>
> A passion and a gallantry, like that
>
> Which he, a soldier, in his idler day
>
> Had paid to woman; somewhat vain he was,
>
> Or seemed so, yet it was not vanity,
>
> But fondness, and a kind of radiant joy
>
> Diffused around him, while he was intent
>
> On works of love or freedom, or revolved
>
> Complacently the progress of a cause,
>
> Wheref he was a part: yet this was meek[23]

> 论出身，他属于最高贵之列，但却
>
> 热衷于为世间的劳苦人效劳，好像
>
> 受制于无形的绳索，如对教会的
>
> 誓约。他爱人爱其原本，对中下层人
>
> 以及所有朴实谋生的平民，
>
> 他都传递善良，但丝毫不含
>
> 屈尊垂顾的成分，其实倒像是
>
> 一种热情和殷勤，就像他当兵时
>
> 曾在放假的日子里这样对待
>
> 女人。可以说，他的确有些虚荣心，

---

23 *The Collected Poetry of William Wordsworth*, Ware: Wordsworth Editions Limited, 1994, p.714.

至少显得如此，但实质上并非

虚荣，而是痴爱，是一种掩饰

不住的喜悦向四周辐射——尤其

当他专心致志于爱与自由的

工程，或是愉快地思考着他积极

参与的事业[24]。

博皮伊准备为革命献身的精神也给华兹华斯留下了特别深刻的印象，《序曲》第九卷《寄居法国》第 424-427 行：

He perished fighting, in supreme conmand,

Upon the borders of unhappy Loire,

For liberty, against deluded men,

His fellow country-men; and yet most blessed[25].

他本人已做好最坏的准备。在悲伤的

卢瓦河畔，他作为最高指挥官，

在战斗中死去——为了自由，为抗击

被蒙骗的同胞[26]。

通过同博皮伊的接触和交谈，华兹华斯好像亲历着浪漫的传奇，革命理想得到了激发，《序曲》第九卷《寄居法国》第 380-389 行：

To aspirations then of our own minds

Did we appeal; and, finally, beheld

A living comfirmation of the whole

Before us, in a people from the depth

Of shameful imbecility uprisen,

Fresh as the morning star. Elate we looked

Upon their virtues; saw, in rudest men,

Self-sacrifice the firmest; generous love,

---

24 〔英〕威廉·华兹华斯著《序曲》，丁宏为译，北京：中国对外翻译出版公司 1999 年版，第 243-244 页。

25 *The Collected Poetry of William Wordsworth*, Ware: Wordsworth Editions Limited, 1994, p.715.

26 〔英〕威廉·华兹华斯著《序曲》，丁宏为译，北京：中国对外翻译出版公司 1999 年版，第 248 页。

And continence of mind, and sense of right,

Uppermost in the midst of fiercest strife[27].

我们也从自己心灵的憧憬中

受到激奋。最后，我们也看到

一个民族为我们所幻见的一切

提供了活的证据：他们挣脱

耻辱，从低愚无能的深潭中站起，

如银光初射的启明星。我们满怀

喜悦，审视他们的品德，看到

最初朴的人才有最强的牺牲精神；

还有无私的爱、自制力以及正义感，

斗争越激烈，这些越显而易见[28]。

在博皮伊的影响下，他对革命的认识更加充实、更加系统，信念也更加坚定了，《远游》（*The Excursion*）第三卷《失望》（"Book III Despondency"）第713-716 行：

The crash it made in falling! From the wreck

A golden palace rose, or seemed to rise,

The appointed seat of equitable law

And mild paternal sway[29].

破坏之后，

一座金殿或似乎已经拔地而起，

指定的公平法律的位置

以及温和的父权摇摇欲坠。

他认识到，法国革命不仅会给法国带来幸福，而且还将使英国获得幸福，"它好像是新的自由的黎明，照耀全世界"[30]。他热血澎湃，甚至萌发了想要

---

27 *The Collected Poetry of William Wordsworth*, Ware: Wordsworth Editions Limited, 1994, p.715.

28 〔英〕威廉·华兹华斯著《序曲》，丁宏为译，北京：中国对外翻译出版公司 1999 年版，第 246 页。

29 *The Collected Poetry of William Wordsworth*, Ware: Wordsworth Editions Limited, 1994, p.796.

30 *A Course Book of English Literature* (II), compiled by Zhang Boxiang, Ma Jianjun, Wuchang: Wuhan University Press, 1998, p.161.

亲自投入战斗的念头，《序曲》第九卷《寄居法国》第 123-124 行：

> Became a patriot; and my heart was all
>
> Given to the people, and my love was theirs[31].

> 于是，不久即成为共和派，我的心
>
> 献给人民，我的爱属于他们[32]。

1790 年 7 月 13 日，他同学友罗伯特·琼斯（Robert Jones）一起从多弗尔（Dover）市出发渡过英吉利海峡（English Channel）来到法国北部城市加莱（Calais），亲身体验革命的气氛。第二天，包括巴黎在内的法国各地举行庆祝活动，纪念攻占巴士底狱一周年。7 月 16 日，他同琼斯一起在阿拉斯城（Arras）过了一夜，《序曲》第十卷《寄居法国——续》（"Book X Residence in France〈Continued〉"）第 494-498 行：

> With happy faces and with garlands hung,
>
> And through a rainbow-arch that spanned the street,
>
> Triumphal pomp for liberty comfired,
>
> I paced, a dear companion at my side,
>
> The town of Arras, whence with promise high[33]

> 当时，我与一位亲密的伙伴
>
> 漫步在阿拉斯城的街道，愉快的笑脸
>
> 与花环点缀着两侧的窗子，一道
>
> 如虹的弧拱横跨街上，是献给
>
> 自由的凯旋门——坚固的装饰[34]。

这次法国之行为期不长，前后还不足一个月，但他参加了各种庆祝活动，体现了对法国革命的欢迎、同情和支持。他来到法国后发现，所发生的一切皆符合自然的旨意，也符合人性，是心灵的景色在展开。他认为，一切早该来到，任何有良知、未自我放弃的人都不能不投身其中。对于法国革命，他已无法采

31　*The Collected Poetry of William Wordsworth*, Ware: Wordsworth Editions Limited, 1994, p.710.

32　〔英〕威廉·华兹华斯著《序曲》，丁宏为译，北京：中国对外翻译出版公司 1999 年版，第 236 页。

33　*The Collected Poetry of William Wordsworth*, Ware: Wordsworth Editions Limited, 1994, p.725.

34　〔英〕威廉·华兹华斯著《序曲》，丁宏为译，北京：中国对外翻译出版公司 1999 年版，第 278 页。

取超然的态度，《序曲》第九卷《寄居法国》第 67-71 行：

> Where silent zephyrs sported with the dust
> Of the Bastille, I sate in the open sun,
> And from the rubbish gathered up a stone,
> And pocketed the relic, in the guise
> Of an enthusiast;[35]…
>
> 在巴士底，我坐在阳光下，看无声的微风
> 逗弄着尘埃。我从弃物中拾起
> 一块石头，将这文物装入
> 衣兜，俨然一幅狂热分子的
> 气派[36]。

可以说，他亲身经历了革命的风暴，感受到了革命运动所带来的紧张，他在《序曲》第九卷《寄居法国》第 56-66 行中回忆道：

> Of all who had a surprise, or had not,
> I staired and listened, with a stranger's ears,
> To Hawkers and Haranguers, hubbub wild!
> And hissing Factionists with ardent eyes,
> In knots, or pairs, or single. Not a look
> Hope takes, or Doubt or Fear is forced to wear,
> But seemed there present; and I scanned them all,
> Wached every gesture uncontrollable,
> Of anger, and vexation, and dispite,
> All side by side, and struggling face to face,
> With gaiety and dissolute idleness[37].
>
> ……我睁大眼睛，以异国人的
> 耳朵倾听小贩的叫卖和演说家的

---

35 *The Collected Poetry of William Wordsworth*, Ware: Wordsworth Editions Limited, 1994, p.710.

36 〔英〕威廉·华兹华斯著《序曲》，丁宏为译，北京：中国对外翻译出版公司 1999 年版，第 234 页。

37 *The Collected Poetry of William Wordsworth*, Ware: Wordsworth Editions Limited, 1994, p.710.

阔论——一片疯狂的喧噪！还有

频作嘘声的派别中人，都眼神

炽热；或三五成群，或成双结伴，

或孑然一身。各种希望的表情，

或抑制不住的疑惑与恐惧，全在

此处流露，而我细读着每一张脸，

每一种愤怒、懊恼、轻蔑的姿态——

都不能自控，似结成一伙，像要

压倒近旁的欢愉和落伍的闲趣[38]。

他在《序曲》第九卷《寄居法国》第175-180行中继续回忆说：

The land all swarmed with passion, like a plain

Devoured by locusts,——Carra, Gorsas,——add

A hundred other names, forgotten now,

Nor to be heard of any more; yet, they were powers,

Like earthquakes, shocks repeated day by day,

And felt through every nook of rown and field[39].

……这片土地到处充溢着

激情，如蝗虫肆虐的原野，——卡拉，

戈尔萨，——加上成百个其它的名字，

虽已被遗忘，再不会传扬，但都曾有

魔力，如接连的地震，日复一日的

震波触及城乡的每一个角落[40]。

同时，他又领略到了革命胜利后人民欢欣鼓舞的气氛，《序曲》第六卷《剑桥与阿尔卑斯山脉》第390-394行：

At their chief city, in the sight of Heaven.

Like bees they swarmed, gaudy and gay like bees;

---

38 〔英〕威廉·华兹华斯著《序曲》，丁宏为译，北京：中国对外翻译出版公司 1999 年版，第 234 页。

39 *The Collected Poetry of William Wordsworth*, Ware: Wordsworth Editions Limited, 1994, p.712.

40 〔英〕威廉·华兹华斯著《序曲》，丁宏为译，北京：中国对外翻译出版公司 1999 年版，第 238 页。

Some vapoured in the unruliness of joy,

And with their swords flourshed as if to fight

The saucy air[41].

······他们麇集如蜜蜂,

如蜜蜂般炫耀、欢悦; 有的口若

悬河, 欢乐之情不能自制,

还不停地挥舞着佩剑, 似乎要搏击

那放肆的空气[42]。

他对革命进行了展望, 满怀希望之情,《序曲》第九卷《寄居法国》第 520-533 行:

Which might not be withstood, that poverty

Abject as this would in a little time

Be bound no more, that we should see the earth

Unthwarted in her wish to recompense

The meek, the lowly, patient child of toil,

All institues for every blotted out

The legalised exclusion, empty pomp

Abolished sensual state and cruel power,

Whether by edict of the one or few;

And finally, as sum and crown of all,

Should see the people having a strong hand

In frming their own laws; whence better days

To all mankind. But, these things set apart,

Was not this single confidence enough[43].

······一个吉祥的幽灵

在四处游荡, 势不可挡, 绝除

---

41 *The Collected Poetry of William Wordsworth*, Ware: Wordsworth Editions Limited, 1994, p.681.

42 〔英〕威廉·华兹华斯著《序曲》, 丁宏为译, 北京: 中国对外翻译出版公司 1999 年版, 第 144 页。

43 *The Collected Poetry of William Wordsworth*, Ware: Wordsworth Editions Limited, 1994, p.717.

如此赤贫指日可待，我们

会看到自由的大地遂其本愿，

得以酬答那孤弱低微的民众，

那些辛勤耕耘的劳动者。永远

取消允许各阶层相互排斥的

法规，废除虚华的盛仪，推翻

纸醉金迷的权势与暴政——不管它

一人独裁还是寡头政治；

终将看到人民——作为世界的

主宰——积极参与制定自己的

法律，于是让全人类过上更好的

日子[44]。

《序曲》第十一卷《法国——续完》（"Book XI France 〈Concluded〉"）
第 105-125 行：

O pleasant exercise of hope and joy!

For mighty were the auxiliars which then stood

Upon our side, us who were strong in love!

Bliss was it in that dawn to be alive,

But to be young was very Heaven! O times,

In which the meagre, stale, forbidding ways

Of custom, law, and statute, took at once

The attraction of a country in romance!

When Reason seemed the most to assert her rights

When most intent on making of herself

A prime enchantress——to assist the work,

Which then was going forward in her name!

Not favoured spots alone, but the whole Earth,

The beauty wore of promise——that which sets

(As at some moments might not be unfelt

---

44 〔英〕威廉·华兹华斯著《序曲》，丁宏为译，北京：中国对外翻译出版公司 1999
年版，第 251 页。

Among the bowers of Paradise itself)

The budding rose above the rose full blown.

What temper at the prospect did not wake

To happiness unthought of? The inert

Were roused, and lively natures rapt away!

They who had fed their childhood upon dreams,[45]…

啊，希望与欢乐的演练，多么

惬意！我们这些热情洋溢的

人们，毕竟有强大的盟友在我们

一边！能活在那个黎明，已是

幸福，若再加年轻，简直就是

天堂！啊，那个经历着浪漫

传奇的国家，在那个时代，风俗、

法律、规章中那些乏味的、陈腐的、

苛刻的条条框框立即引起

人们的注意！那时，似乎理性

越热衷扮演头号的女巫，就越能

维护她自己的权利——凭如此面目

帮助以她的名义进行的事业！

当时，不独此地，全世界到处

都披上希望的彩衣——它使人更欣赏

欲绽的花蕾，而不是盛开的蔷薇

（伊甸园的花丛也一定引起过

如此感受）。若见这情景而竟不能

体会到前所未有的幸福，该是

何种秉性？迟钝的人被唤起，热情的人

则已消魂[46]！

---

45 *The Collected Poetry of William Wordsworth*, Ware: Wordsworth Editions Limited, 1994, pp.728-729.

46 〔英〕威廉·华兹华斯著《序曲》，丁宏为译，北京：中国对外翻译出版公司 1999 年版，第 293 页。

1791 年 11 月，大学毕业的华兹华斯再度来到法国，依然对革命表示怀有热情。他认为，这场革命表现了人性的完美，将拯救生活于帝制下水深火热中的人民，同时还结识了许多吉伦特派人。在博皮伊的训喻之下，他从热爱自然变得更加热爱人类，在政治上笃信平均主义的社会理想，这在《序曲》第八卷《回溯：对大自然的爱引致对人的爱》（"Book VIII Retrospect-Love of Nature Leading to Love of Man"）中有详尽的描述。在参观法国古迹之时，他对专制、贵族、特权、不公正不禁油然而生痛恨，但这痛恨之中却还掺杂着淡淡之希望，《序曲》第九卷《寄居法国》第 507-510 行：

> Daily upon me——mixed with pity too
>
> And love; for where hope is, there love will be
>
> For the abject multitude. And when we chanced
>
> One day to meet a hunger-bitten girl,[47]…

> 而且，这痛恨对我的支配日益
>
> 增强，却也掺杂着怜悯与温情，
>
> 因为当希望尚存，会有温情
>
> 寄予劳苦大众[48]。

1792 年 4 月 20 日，法国对奥地利宣战，大批热血青年开赴战场，华兹华斯受到了极大的感染，《序曲》第九卷《寄居法国》第 280-287 行：

> Yet still a stranger and beloved as such;
>
> Even by these passing spectacles my heart
>
> Was oftentimes uplifted, and they seemed
>
> Arguments sent from Heaven to prove the cause
>
> Good, pure, which no one could stand up against,
>
> Who was not lost, abandoned, selfish, proud,
>
> Mean, miserable, wilfully depraved,
>
> Hater perverse of equity and truth[49].

---

47 *The Collected Poetry of William Wordsworth*, Ware: Wordsworth Editions Limited, 1994, p.717.

48 〔英〕威廉·华兹华斯著《序曲》，丁宏为译，北京：中国对外翻译出版公司 1999 年版，第 251 页。

49 *The Collected Poetry of William Wordsworth*, Ware: Wordsworth Editions Limited, 1994, pp.713-714.

> ……即使这场面只看见

> 一次，且是短暂的相遇，此类

> 瞬间的情景也常使我心情激奋，

> 似天赐的论据，来证明这事业的正义

> 与纯洁；任何人都不会反对它——只要他

> 还未迷失、自弃；只要他不自私、

> 傲慢、卑劣、无耻、执意堕落，

> 或倒行逆施，憎恨公正与真理[50]。

1792 年 10 月底，他离开奥尔良（Orléans）赴巴黎，《序曲》第十卷《寄居法国——续》第 11-12 行：

> Bound to the fiece Metropolis. From his throne

> The King had fallen, and that invading host[51]——

> 奔向那都市的怒焰

> 狂潮[52]。

同年底，他从法国回到伦敦，仍对革命充满热情。这时他出版了一本收有《黄昏漫步》（"An Evening Walk"）[53]和《写景诗》（"Descriptiion of the Scenery of the Lakes"）[54]的诗集，其中《写景诗》是在法国所写，字里行间已流露出了法国革命给人间带来自由和使自然更加生色的内容。革命中出现的暴政使他深感失望，但他并不绝望，《序曲》第十卷《寄居法国——续》第 200-208 行：

> To Brutus——that tyrannic power is weak,

> Hath neither gratitude, nor faith, nor love,

> Nor the support of good or evil men

> To trust in; that the godhead which is ours

---

50 〔英〕威廉·华兹华斯著《序曲》，丁宏为译，北京：中国对外翻译出版公司 1999 年版，第 242 页。

51 *The Collected Poetry of William Wordsworth*, Ware: Wordsworth Editions Limited, 1994, p.718.

52 〔英〕威廉·华兹华斯著《序曲》，丁宏为译，北京：中国对外翻译出版公司 1999 年版，第 260 页。

53 "An Evening Walk"：或译"《黄昏散步》"，详见：苏文菁著《华兹华斯诗学》，北京：社会科学文献出版社 2000 年版，第 358 页。

54 "Descriptiion of the Scenery of the Lakes"：或译"《湖区风景记》"，详见：苏文菁著《华兹华斯诗学》，北京：社会科学文献出版社 2000 年版，第 376 页。

Can never utterly be charmed or stilled;

That nothing has a natural right to last

But equity and reason; that all else

Meets foes irreconcilable, and at best

Does live but by variety of disease[55].

……暴政是虚弱的，别想

指望什么人——无论善良或邪恶的

民众——给予它真正的感激、信任、

热爱或支持；我们所拥有的神性

永无可能被彻底征服或扼杀；

只有公正或理性才享有长存

于世的天然权利，其它一切

都会遇到势不两立的死敌，

至多靠疾病交替来维持生存[56]。

随着革命形势等各方面情况的变化，他的政治态度日趋保守，但其社会正义感和对劳苦大众的恻隐之心却垂老不渝。《序曲》第八卷《回溯：对大自然的爱引致对人的爱》第654-664行：

From those sad scenes when meditation turned,

Lo! every thing that was indeed divine

Retained its purity inviolate,

Nay brighter shone, by this portentous gloom

Set off; such opposition as aroused

The mind of Adam, yet in Paradise

Though fallen from bliss, when in the East he saw

Darkness ere day's mid course, and morning light

More orient in the western cloud, that drew

O'er the blue firmament a radiant white,

---

55 *The Collected Poetry of William Wordsworth*, Ware: Wordsworth Editions Limited, 1994, p.721.

56 〔英〕威廉·华兹华斯著《序曲》，丁宏为译，北京：中国对外翻译出版公司1999年版，第267页。

Descending slow with something heavenly fraught[57].

> ……当思绪移别那悲苦的
>
> 场面，发现——瞧！——一切质本
>
> 圣洁之物都纯净依然，而且，
>
> 在这阴沉的悲雾衬托下，更显得
>
> 明亮，就像亚当曾发现的那种
>
> 反差：当时他虽已堕落，尚在
>
> 乐园，偶见正午前，东方竟出现
>
> 黑暗，而西天云霞中却闪耀着曙光，
>
> 却又胜似朝阳，将一道白色的
>
> 光辉划在碧蓝的天空，载负着
>
> 天堂的一些什么，徐徐落下[58]。

这是他对社会现实的观察与反思，诗行之间包含着浓浓的失望与悲哀，但同时又倾注着淡淡的希望与乐观。正是由于他对法国革命的支持，所以当1793年英国对法国宣战之时，他感到情感受到极大打击，《序曲》第十一卷《法国——续完》第176-183行：

> This throw me first out of the pale of love;
>
> Soured and corrupted, upward sto the source,
>
> My sentiments; was not, as hitherto,
>
> A swallowing up of lesser things in great,
>
> But chance of them into their contraries;
>
> And thus a way was opened for mistakes
>
> And false conclusions, in degree as gross,
>
> In kind more dangerous[59].

> 有生以来第一次被赶出爱的
>
> 围栏；情感从根子上枯萎、烂掉，

---

57 *The Collected Poetry of William Wordsworth*, Ware: Wordsworth Editions Limited, 1994, p.709.

58 〔英〕威廉·华兹华斯著《序曲》，丁宏为译，北京：中国对外翻译出版公司1999年版，第226页。

59 *The Collected Poetry of William Wordsworth*, Ware: Wordsworth Editions Limited, 1994, pp.729-730.

并非似先前那样被更强的感情

吞没，而是都变成与原先对立的

情绪。就这样，我走上通往谬见

和错误结论的道路，与先前的错误

同样严重，却属更危险的类型[60]。

《序曲》第十一卷《法国——续完》第1-17行：

From that time forth, Authority in France

Put on a milder face; Terror had ceased,

Yet every thing was wanting that might give

Courage to them who looked for good by light

Of rational Experience, for the shoots

And hopeful blossoms of a second spring:

Yet, in me, confidence was unimpaired;

The Senate's language, and the public acts

And measures of the Government, though both

Weak, and of heartless omen, had not power

To daunt me; in the People was my trust:

And, in the virtues which mine eyes had seen,

I knew that wound external could not take

Life from the young Republic; that new foes

Would only follow, in the path of shame,

Their brethren, and her triumphs be in the end

Great, universal, irresistible[61].

从那以后，法兰西的当权者摆出一副

较温和的面孔。恐怖已经停止，

但若有人光凭逻辑推理来寻找善，

寻找第二个春天的萌芽与希望的

60　〔英〕威廉·华兹华斯著《序曲》，丁宏为译，北京：中国对外翻译出版公司1999
　　年版第295-296页。

61　*The Collected Poetry of William Wordsworth*, Ware: Wordsworth Editions Limited, 1994,
　　p.727.

花朵，终要放弃，因为现实中
没有什么能给他们以鼓舞。
然而，我自己的信心并未削弱；
法国参议院的言辞及政府颁布的
公法与措施，虽都软弱无力，
其不祥的暗示也令人郁悒，但未能
让我灰心丧气。我相信那里的
人民；我相信自己亲眼所见的
美德。我知道，外部的创伤并不能
夺去年轻共和国的生命；虽有
新的敌人，但只会追随其同伙
重蹈失败的耻辱，而最终她的
胜利将全面而伟大，所向披靡[62]。

这是他对雅各宾派被推翻后的法国革命的看法，流露了他对法国革命终将胜利的信念。这种信念是冷静的，坚定而不可动摇，《序曲》第十一卷《法国——续完》第21-24行：

…Beholding still

Resistance strong as heretofore, I thought

That what was in degree the same was likewise

The same in quality,——that, as the worse[63]

……看到

法兰西抵抗之强烈一如既往，

我想，程度的不变即表明精神的

不愉，……[64]

据丁宏为注释，上诗中所提到的"'精神'指最初的革命理想"[65]，故所

---

62 〔英〕威廉·华兹华斯著《序曲》，丁宏为译，北京：中国对外翻译出版公司1999年版，第289页。

63 *The Collected Poetry of William Wordsworth*, Ware: Wordsworth Editions Limited, 1994, p.727.

64 〔英〕威廉·华兹华斯著《序曲》，丁宏为译，北京：中国对外翻译出版公司1999年版，第290页。

65 〔英〕威廉·华兹华斯著《序曲》，丁宏为译，北京：中国对外翻译出版公司1999年版，第307页。

谓"精神的／不渝"，乃是华兹华斯自言其早年对法国革命的理想至此未变的意思。

华兹华斯欢迎、拥护法国革命之原因是多方面的，归纳起来，主要有以下六点：

第一，他的家乡英格兰湖区虽然贫穷，但是却拥有平等的气氛。他在湖区长大成人，因而受到了平等气氛的熏陶。《序曲》第九卷《寄居法国》第215-221行：

> For, born in a poor district, and which yet
>
> Retaineth more of ancient homeliness,
>
> Manners erect, and frank simplicity,
>
> Than any other nook of English ground,
>
> It was my fortune scarcely to have seen
>
> Through the whole tenour of my school-day time
>
> The face of one, who, whether boy or man,
>
> Was vested with attention or respect
>
> Through claims of wealth or blood; nor was it least[66]

> 因为，我出生在贫穷的地区，它依然
>
> 保留着古老的朴实，胜过英国
>
> 土地上的任何角落，注定我有此
>
> 幸运：在整个学童时代，很少
>
> 见过有谁仅凭财产或门第
>
> 就能享有大家的注意或尊敬，
>
> 无论他是学生还是成人;[67]……

第二，剑桥大学具有民主、自由的空气。他在剑桥大学度过了几年的求学生涯，感染到了这种民主、自由的空气。《序曲》第九卷《寄居法国》第222-232行：

> Through claims of wealth or blood; nor was it least
>
> Of many benefits in later years

---

66 *The Collected Poetry of William Wordsworth*, Ware: Wordsworth Editions Limited, 1994, pp.712-713.

67 〔英〕威廉·华兹华斯著《序曲》，丁宏为译，北京：中国对外翻译出版公司1999年版，第240页。

Derived from academic insititudes

erived from academic institutes

And rules, that they held something up to view

Of a Republic, where all stood thus far

Upon equal ground; that we were brothers all

In honour, as in one community,

Scholars and gentlemen; where, furthermore,

Distinction open lay to all that came,

And wealth and titles were in less esteem

Than talents, worth, and prosperous industry[68].

此外，后来大学中的建制与纪律

也给我许多恩惠，而其中有一点

非同一般：这些校规确立了

一种校风，类似共和体制，

当时所有人都立足平等的大地；

无论学生或先生，都在同一个

社区中生活，道义上都是兄弟，

而且，荣誉面向所有的学子，

大家崇尚的并非财产与爵位，

而是才华、能力与助人成功的

勤奋[69]。

第三，他认为，革命是人的权利和本性产生的自然结果。他自小热爱自然，而法国革命的一个主要目的就是恢复自然的人性，二者是契合的。《序曲》第九卷《寄居法国》第 232-235 行：

Than talents, worth, and prosperous industry.

Add unto this, subservience from the first

To presences of God's mysterious power

68 *The Collected Poetry of William Wordsworth*, Ware: Wordsworth Editions Limited, 1994, p.713.

69 〔英〕威廉·华兹华斯著《序曲》，丁宏为译，北京：中国对外翻译出版公司 1999 年版，第 240 页。

Made manifest in Nature's sovereignty,[70]…

……还由于

从生命之初就顺服上帝，是大自然的

君权体现出他那无所不在的

神秘之力；[71]……

第四，他热爱书籍，而书籍只认灵魂的运作。《序曲》第九卷《寄居法国》第 235-237 行：

Made manifest in Nature's sovereignty,

And fellowship with venerable books,

To sanction the proud workings of the soul,[72]…

还因结交了尊贵的

书籍，只为确认灵魂那堂皇的

运作；[73]……

第五，他喜欢尽情享受自然景色，在享受山水之乐中他也养成了自由的精神。《序曲》第九卷《寄居法国》第 237-238 行：

To saction the proud workings of the soul,

And mountain liberty[74].

最初加上群山给予的

自由精神[75]。

第六，他相信，法国革命的胜利将导致英国国内的和平演变。他在《序曲》第十一卷中开篇即流露了自己对法国革命的看法，说他相信法国最终将走过所有的苦难与挫折，取得全面而伟大的胜利，随后话锋一转，谈论英国，第十

---

70 *The Collected Poetry of William Wordsworth*, Ware: Wordsworth Editions Limited, 1994, p.713.

71 〔英〕威廉·华兹华斯著《序曲》，丁宏为译，北京：中国对外翻译出版公司 1999 年版，第 240-241 页。

72 *The Collected Poetry of William Wordsworth*, Ware: Wordsworth Editions Limited, 1994, p.713.

73 〔英〕威廉·华兹华斯著《序曲》，丁宏为译，北京：中国对外翻译出版公司 1999 年版，第 241 页。

74 *The Collected Poetry of William Wordsworth*, Ware: Wordsworth Editions Limited, 1994, p.713.

75 〔英〕威廉·华兹华斯著《序曲》，丁宏为译，北京：中国对外翻译出版公司 1999 年版，第 241 页。

一卷《法国——续完》第 18-21 行：

> This intuition led me to confound
> One victory with another, higher far,——
>
> Triumphs of unambitious peace at home,
> And noiseless fortitude.[76]…

> 这直觉使我将一种胜利与另一种
> 更高意义上的成功联系在一起——
> 靠不吵不闹的和平、不声不响的
> 坚韧，取得国内的胜利[77]。

二、出世

华兹华斯在经历了短暂的入世之后，选择了出世之路。他从世俗的中心自我放逐，将自己边缘化，到远离社会的河湖之畔过隐居世外的生活。

华兹华斯隐居世外的生活始自 1795 年，时年 25 岁。这年 10 月，他从喧哗的都市生活中退了出来，同妹妹多萝西・华兹华斯（Dorothy Wordsworth, 1771-1855）[78]一起，来到英格兰东南部多塞特郡的雷斯唐农庄（Racedown, Dorsetshire）居住。1799 年，他同妹妹来到英格兰北部湖区（the English Lake District）威斯特摩兰郡的格拉斯米尔（Grasmere, Westmoreland）的鸽庄（Dove Cottage）居住。1808 年，他和家人离开鸽庄，移居格拉斯米尔的阿兰岸（Allan Bank）。1813 年，他们一家搬到了距达夫草屋几公里远的莱德亚尔山区（Rydal Mount）。1811 年，他和家人搬到格拉斯米尔教区牧师住所（Grasmere Parsonage）居住。除了周期性的外出旅游外，他一直都在湖区生活，直到逝世为止。从 1795 年搬到雷斯唐农庄开始算，他有 55 年时间都在隐居世外的生活中度过，隐居生活在他 80 年的生涯中约占 69%。若以 18 岁为成年之标志，他的隐居生活在其成年生活中约占 89%，基本上是终生以自然为伍了。《序曲》第八卷《回溯：对大自然的爱引致对人的爱》第 652-654 行：

76　*The Collected Poetry of William Wordsworth*, Ware: Wordsworth Editions Limited, 1994, p.727.

77　〔英〕威廉・华兹华斯著，《序曲》，丁宏为译，北京：中国对外翻译出版公司 1999 年版，第 289-290 页。

78　Dorothy：或译"陶乐赛"，详见：梁实秋著《英国文学史》（三），北京：新星出版社 2011 年版，第 886 页。

A solitary, who with vain conceits

Had been inspired, and walked about in dreams.

From those sad scenes when meditation turned,[79]…

本是个孤独的隐士，

受虚幻的念头激励，总是在梦中

度日[80]。

这是他对自己隐士身份的最直接、明确的认同。《序曲》第九卷《寄居法国》第 25-28 行：

…Obscurely did I live,

Not seeking frequent intercourse with men,

By literature, or elegance, or rank,

Distinguished[81]——

……我追求默默

无闻的生活，并未总想结交

因学识、雅趣或地位而显赫一时的

名人[82]。

这是他所追求的生活模式，略带理想色彩，这种生活模式是隐士式的。《序曲》第九卷《寄居法国》第 438-446 行：

From earnest dialogues I slipped in thought,

And let remembrance steal to other times,

When, o'er those interwoven roots, moss-clad,

And smooth as marble or a waveless sea,

Some Hermit, from his cell forth-strayed, might pace

In sylvan meditation undisturbed;

As on the pavement of a Gothic church

79　*The Collected Poetry of William Wordsworth*, Ware: Wordsworth Editions Limited, 1994, p.709.

80　〔英〕威廉·华兹华斯著《序曲》，丁宏为译，北京：中国对外翻译出版公司 1999 年版，第 226 页。

81　*The Collected Poetry of William Wordsworth*, Ware: Wordsworth Editions Limited, 1994, p.710.

82　〔英〕威廉·华兹华斯著《序曲》，丁宏为译，北京：中国对外翻译出版公司 1999 年版，第 233 页。

Walks a lone Monk, when service hath expired,

In peace and silence. But if e'er was heard,[83]——

> 如此散步时，我的思绪常游离
>
> 真挚的交谈，任记忆熘到它时的
>
> 境地，幻见一片盘结的根脉，
>
> 都长满苔藓，平滑如石雕，如平静的
>
> 大海；见有位隐士离开茅庐，
>
> 来此漫步，沉浸于林中的静思，
>
> 如礼拜结束后，孤独的修士走出
>
> 哥特式的教堂，在石路上缓行，享受着
>
> 清宁与空寂[84]。

离开茅庐来林中静思的隐士是他幻见中的形象，这种形象实际上是华兹华斯自指。这些出自他本人之口的叙述并非无稽之谈。

在中外文学史上，都有不得志的文人学士在孤云野鹤、湖泊大川中寄托情怀的现象。同样，对于华兹华斯而言，隐居世外是他实现人生理想、消解人生冲突的重要渠道。

首先，隐居世外是华兹华斯反对并竭力摆脱异化的必然归属。

所谓异化（动词为 alienate，名词为 alienation）[85]，即一件事物转化成它本身的对立面，成为异于自己的、与自己疏远了的另外一种事物。亦可将之理解为主体创造客体，客体又反过来主宰主体，致使人的主体性受到分裂。

人是有欲望的，欲望是无止境的，美国哈佛大学教授、19 世纪末 20 世纪初世界新人文主义运动领袖欧文·白璧德（Irving Babbitt, 1865-1933）干脆说，"人实际上可以被定义为永不满足的动物"[86]。在工业文明时期，人的欲望得到了极度的膨胀。西方社会自资产阶级革命、工业革命以来逐渐发展成了高度发达、高度文明的社会。但从本质上看，高度发达、高度文明的社会

---

83 *The Collected Poetry of William Wordsworth*, Ware: Wordsworth Editions Limited, 1994, p.716.

84 〔英〕威廉·华兹华斯著《序曲》，丁宏为译，北京：中国对外翻译出版公司 1999 年版，第 248 页。

85 alienate / alienation：或译"疏远化"、"外化"。

86 〔美〕欧文·白璧德著《卢梭与浪漫主义》，孙宜学译，石家庄：河北教育出版社 2003 年版，第 149 页。

却依然是人类为了满足自身各种贪欲而进行各种血腥争夺的竞技场，它同动物世界的唯一差别在于，它多了一副文明的面具。1864 年，英国哲学家、社会学家赫伯特·斯宾塞（Herbert Spencer, 1820-1903）在英国博物学家、地理学家查尔斯·罗伯特·达尔文（Charles Robert Darwin, 1809-1882）"自然选择"（"natural selection"）理论的基础之上创建了"社会达尔文主义"（Social Darwinism）的理论，提出"物竞天择，适者生存"（survival of the fittest）[87]，以此解释人类社会的生存状况。他认为，人类社会同动植物森林是一样的，它是"社会森林"（Social Jungle）。在"社会森林"中，发挥作用的是"森林原则"（the law of the jungle），"强大、无情、利己者成功最大"（those who are strong and apply ruthless selfinterest will be most successful）[88]。在弱肉强食的原则之下，人类在本质上已沦为野兽，成为了"人兽"（the human beast）[89]。法国人文主义思想家蒙田对西方社会中人的复杂、虚伪和阴险有清醒的认识：

> 为公众利益服务的热心可能隐藏着野心；一个人可能因为自傲才装得谦虚；当官为公的德行可能成为罪恶的私生活的遮羞布。而且一般说来，一个人的缺点与他当众扮演的'角色'之间常常是分裂开来的[90]。

英国诗人威廉·布莱克（William Blake, 1757-1827）对西方社会中人的复杂、虚伪和阴险也有一定认识，他在《微笑》（"The Smile"）中写道：

> There is a Smile of Love
>
> And there is a Smile of Deceit
>
> And there is a Smile of Smiles
>
> In which these two Smiles meet[91].

有一种微笑包含着热爱

---

87 *The New Oxford Dictionary of English*, edited by Judy Pearsall, Oxford: Oxford University Press, 1998, p.467.

88 *The New Oxford Dictionary of English*, edited by Judy Pearsall, Oxford: Oxford University Press, 1998, p.991.

89 Chang Yaoxin, *A Survey of American Literature*, Tianjin: Nankai University Press, 1990, p.197.

90 〔法〕彼得·博皮著《蒙田》，孙乃修译，北京：工人出版社 1985 年版，第 85 页。

91 *Romantic Poetry*, selected by Paul Driver, London: Penguin Books Ltd., 1995, p.1.

有一种微笑包含着欺骗

有一种微笑包含着微笑

热爱与欺骗同存共现

英国散文作家、哲学家、政治家、古典经验论始祖弗兰西斯·培根（Francis Bacon, 1561-1626）认为，积极入世会剥夺人的自由，使人受到异化。他在《论高位》（"Of Great Place"）中写道："居高位的人是三重的仆役：君主或国家底仆役；名声底仆役；事业底仆役。所以他们是没有自由的，既没有个人底自由，也没有行动底自由，也没有时间底自由。"[92]针对英国社会人被异化的现实，爱尔兰诗人、剧作家、散文家威廉·巴特勒·叶芝（William Butler Yeats, 1865-1939）在《克伦威尔的祸害》一诗中写道：

一切邻居的满足和随和的交谈都已成过去，

但是抱怨也没有丝毫用处，因为金钱的吵闹仍在继续。

向上爬的人必定踩在其它的邻居的身上，

我们和所有的缪斯则什么也算不上[93]。

德国哲学家弗里德里希·威廉·尼采（Friedrich Wilhelm Nietzsche, 1844-1900）[94]在《苏鲁支语录》（*Also Sprach Zarathustra, Ein Buch für Alle und Keinen*）[95]前言中写道："人亦不贫不富了，二者皆太繁重。谁还愿意治人？谁还愿意治于人？二者皆嫌烦劳。"[96]苏格兰伟大的农民诗人罗伯特·彭斯（Robert Burns, 1759-1796）[97]在《致鼷鼠》（"To a Mouse"）中哀叹道，"人的统治，真叫我遗憾／中断了自然界的交往相连"[98]。美国诗人罗伯特·弗罗斯特（Robert

---

92 〔英〕弗·培根著《培根论说文集》，水天同译，北京：商务印书馆1983年版，第36-37页。

93 〔爱尔兰〕叶芝著《叶芝诗集》（下），傅浩译，石家庄：河北教育出版社2003年版，第744页。

94 Nietzsche: 或译"尼佉"，详见:《鲁迅全集》第一卷，北京：人民文学出版社1981年版，第64页。

95 *Also Sprach Zarathustra, Ein Buch für Alle und Keinen*: 字面意思是"查拉图斯特拉如是说:一本写给所有人及不写给任何人的书"，或通译"《查拉图斯特拉如是说》"。

96 〔德〕尼采著《苏鲁支语录》，徐梵澄译，北京：商务印书馆1992年版，第11页。

97 Burns: 或译"朋思"，详见:《鲁迅全集》第一卷，北京：人民文学出版社1981年版，第76页。

98 〔英〕彭斯著《彭斯抒情诗选》，袁可嘉译，长沙：湖南文艺出版社1996年版，第87页。

Frost, 1874-1963）在《摘苹果之后》（"After Apple-Picking"）[99]一诗中描写了一个收获苹果的人，这个人焉焉欲睡而不得入睡，完全被自己的成功异化了，甚至连小小的土拨鼠也不如：

> Were he not gone,
>
> The woodchuck could say whether it's like his
>
> Long sleep, as I describe its coming on,
>
> Or just some human sleep[100].
>
> 要是土拨鼠还没离去，
>
> 听到我描述这睡觉的过程，
>
> 它就能说出这到底是像它的冬眠
>
> 还是只像某些人的睡眠[101]。

在希腊亚历山大时期，单纯和回归自然的生活甚至成了最世故者特有的快乐。德国 18 世纪著名诗人、作家、哲学家、历史学家和剧作家约翰·克里斯托弗·弗里德里希·冯·席勒（Johann Christoph Friedrich von Schiller, 1759-1805）认为，现代人对自然的渴望，就是病人对健康的那种渴望。法国 18 世纪启蒙主义思想家、哲学家让·雅克·卢梭（Jean Jack Rousseau, 1712-1778）认为，人在未开化的自然状态中原本是平等的，但科技的进步和文明的演进又使人类丧失了善良天性和主体精神，社会的进步与人性的发展成反比。只有回归自然，人类才能寻找到自己纯真的状态、个性的解放和精神的平等自由。他认为，"就在山巅之上，就在森林深处，就在荒芜的岛屿，自然展露出自己最

99　"After Apple-Picking"：目前所见，有三译。其一，"《摘苹果之后》"，详见：〔美〕弗罗斯特《弗罗斯特作品集》第 1 册，曹明伦译，北京：人民文学出版社 2019 年版，第 83 页；〔美〕弗罗斯特著《弗罗斯特诗选》，江枫译，北京：外语教学与研究出版社 2012 年版，第 78 页；罗伯特·弗罗斯特著《弗罗斯特诗选》，顾子欣译，南京：江苏凤凰文艺出版社 2018 年版，第 31 页。其二，"《摘完苹果以后》"，〔美〕罗伯特·弗罗斯特著《弗罗斯特诗歌精译》，王宏印选译，天津：南开大学出版社 2014 年版，第 77 页。其三，"《摘罢苹果》"，详见：〔美〕罗伯特·弗罗斯特著《弗罗斯特诗选》，顾子欣译，南京：江苏凤凰文艺出版社 2018 年版，第 107 页；肖明翰《弗罗斯特批判"美国梦"的杰出诗篇》，《四川师范大学学报》（社会科学版）1993 年增刊外国语文专辑第 4 辑，第 65 页。

100 *The Poetry of Robert Frost*, edited by Edward Connery Lathem, New York: Henry Holt and Company, 1979, pp.68-69.

101　〔美〕弗罗斯特著《弗罗斯特作品集》第 1 册，曹明伦译，北京：人民文学出版社 2019 年版，第 85 页。

强大的魅力"[102]，人应该回归自然。卢梭也是个追求回归自然之身体力行者，他在其"退隐庐"[103]中度过了很多个岁月。在追溯人类从自然向非自然的堕落过程和倡导人类应采取何种生活方式方面，卢梭和庄子是非常相似的。尼采说，"真的，宁肯在隐者和牧羊儿中间生活，不愿在我们的镀金底虚伪底粉饰底下流人里鬼混——虽然这自称为'好社会'"[104]。亨利·戴维·梭罗（Henry David Thoreau, 1817-1862）反对世人之急功近利与善于钻营，看不惯世人之铺张奢侈与喧哗虚华，以自己在康科德附近森林里瓦尔登湖畔（Walden Pond）的隐居生活向世人昭示了，只有反朴归真、回到自然的怀抱，才能发现生命的真正价值和生活的意义。

华兹华斯生活在一个人被日益异化的年代。在政治上，权力和智能是相互排斥的，杰出的人物不一定能掌握权柄，他在《序曲》第十一卷《法国——续完》第363-364行中说，篡位的政客"却学着犬类的样子，竟又食／呕吐的东西"[105]，》他在《序曲》第十三卷《想象力与审美力，如何被削弱又复元——结尾》（"Book XIII Imagination and Taste, how Impaired and Restored〈Concluded〉"）第65-66行中说，如一伙狂暴之徒"以世界的统治者／自居、将意志强加给良民百姓"[106]。人的异化在法国革命中有很多体现。《序曲》第十卷《寄居法国——续》第126-133行：

> To the remotest corners of the land
>
> Lie in the arbitrament of those who ruled
>
> The capital City; what was struggled for,
>
> And by what combatants victory must be won;
>
> The indecision on their part whose aim
>
> Seemed best, and the straightforward path of those
>
> Who in attack or in defence were strong

---

102 〔美〕欧文·白璧德著《卢梭与浪漫主义》，孙宜学译，石家庄：河北教育出版社2003年版，第165页。

103 于德北编著《卢梭》，长春：妇女儿童出版社2001年版，第150页。

104 〔德〕尼采著《苏鲁支语录》，徐梵澄译，北京：商务印书馆1992年版，第246页。

105 〔英〕威廉·华兹华斯著《序曲》，丁宏为译，北京：中国对外翻译出版公司1999年版，第302页。

106 〔英〕威廉·华兹华斯著《序曲》，丁宏为译，北京：中国对外翻译出版公司1999年版，第329页。

Through their impiety——my inmost soul[107]

我看到，无论在这片土地的哪个

角落，自由、生命与死亡很快将

取决于都城统治者的决裁；我看清

人们奋斗的目标，也感到什么样的

斗士才能获胜；看到理想主义者的

优柔寡断，而有些人却能攻善守，

靠的是邪而不敬，他们的面前

才是一马平川[108]。

这里，"理想主义者"指的是吉伦特派（Girondins），"有些人"指的是雅各宾派（Jacobins）。吉伦特派多是理想主义者，缺乏具体的目标和实际的方案，追随者很多，但却不能充分利用这一优势。雅各宾派既有具体的理想，又能冷静地使用各种手段，虽追随者较少，但却掌握着实权。华兹华斯从这两派身上得出的结论是，"邪而不敬"者方能"能攻善守"和享受"一马平川"之前程，这是人被异化的典型事例。《序曲》第十卷《寄居法国——续》第378-383行：

As Liberty upon earth: yet all beneath

Her innocent authority was wrought,

Nor could have been, without her blessd name.

The illustrious wife of Roland, in the hour

Of her composure, felt that agony

And gave it vent in her last words.[109]…

然而，一切罪恶都借用她那

清白的威名，否则，没有这神圣的

名义，也不会发生这暴虐。

罗兰夫人——那杰出的女人——在平静的

---

107 *The Collected Poetry of William Wordsworth*, Ware: Wordsworth Editions Limited, 1994, p.720.

108 〔英〕威廉·华兹华斯著《序曲》，丁宏为译，北京：中国对外翻译出版公司 1999 年版，第 264-265 页。

109 *The Collected Poetry of William Wordsworth*, Ware: Wordsworth Editions Limited, 1994, p.723.

时刻感到这悲哀，临死时将它

表达出来[110]。

罗兰夫人玛农·珍妮·菲力普（Manon Jeanne Phlipon, 1754-1793）是吉伦特派的代表人物，她于 1793 年 6 月被捕，9 月被送上断头台。她在临终前望着自由神像说："自由神，多少罪恶假汝之名而行！"（"O Liberté, que de crimes on commet en ton nom!"）[111]以自由之名而务暴虐之实，这是人被异化的一种结果。在华兹华斯生活的年代，人的异化亦是很普遍的，对此他是有深刻认识的，《序曲》第十二卷《想象力与审美力，如何被削弱又复元》（"Book XII Imagination and Taste, how Impaired and Restored"）第 193-199 行：

In truth, the degradation——howsoe'er

Induced, effect, in whatsoe'er degree,

Of custom that prepares a partial scale

In which the little oft outweighs the great;

Or any other cause that has been named;

Or, lastly, aggravated by the times

And their impassioned sounds, which well might make[112]

……无论如何，感应力的退化

与积习有关，它提供了偏重的天平，

常常轻重不分，本末倒置，

或可归咎于其他所提到的原因；

最后，也由于时代的喧嚣与狂热，

加重了病情，使人不闻田园中

那柔美的吟唱[113]。

《序曲》第十三卷《想象力与审美力，如何被削弱又复元——结尾》（"Book XIII", *The Prelude*）第 203-205 行：

---

110 〔英〕威廉·华兹华斯著，《序曲》，丁宏为译，北京：中国对外翻译出版公司 1999 年版，第 274 页。

111 〔英〕威廉·华兹华斯著《序曲》，丁宏为译，北京：中国对外翻译出版公司 1999 年版，第 286 页。

112 *The Collected Poetry of William Wordsworth*, Ware: Wordsworth Editions Limited, 1994, p.737.

113 〔英〕威廉·华兹华斯著《序曲》，丁宏为译，北京：中国对外翻译出版公司 1999 年版，第 318 页。

Among the close and overcrowded haunts

Of cities, where the human heart is sick,

And the eye feeds it not, and cannot feed[114].

城里边，

人心染上疾病，而眼睛却无以

输给它健康，甚至已无此能力[115]。

　　人的异化又体现为主体性的分裂，主体性的分裂是时刻存在的。华兹华斯对主体分裂的危险性是一直心存紧张的，"有基于此，他才会在自己的诗歌理论中，有意识地进行不使主体性丧失的努力"[116]，这是他所作的主体性复归的努力。华兹华斯的主体性，"指的是诗人自我的主体性，对于诗人主体性的理解，应该是诗人挣脱各种异化的企图，争取自己独立存在的努力"[117]。他在剑桥大学圣约翰学院读书期间，受到了卢梭的很大影响。在卢梭的影响之下，华兹华斯后来转变成了浪漫主义诗人。他主张返朴归真，回到自然的怀抱，在自然中实现主体性的复归。《序曲》第十三卷《想象力与审美力，如何被削弱又复元——结尾》第 206-220 行：

Yes, in those wanderings deeply did I feel

How we mislead each other; above all,

How books mislead us, seeking their reward

From judgments of the wealthy Few, who see

By artificial lights; how they debase

The many for the pleasure of those Few;

Effeminately level down the truth

To certain general notions for the sake

Of being understood at once, or else

---

114 *The Collected Poetry of William Wordsworth*, Ware: Wordsworth Editions Limited, 1994, p.743.

115 〔英〕威廉·华兹华斯著《序曲》，丁宏为译，北京：中国对外翻译出版公司 1999 年版，第 334 页。

116 张智义《主体性的复归——华兹华斯诗学拉康式分析视角》，《天津外国语学院学报》2003 年第 1 期，第 37 页。

117 张智义《主体性的复归——华兹华斯诗学拉康式分析视角》，《天津外国语学院学报》2003 年第 1 期，第 37 页。

Through want of better knowledge in the heads

That framed them; flattering self-conceit with words

Extrinsic differences, the outside marks

Whereby society has parted man

From man, neglect the universal heart[118].

——是的，在那游荡的日子里，我深深地

感觉到我们如何相互误导，

尤其是书籍如何将我们蒙骗，

只从少数富人的见解中求得

赏识，而照亮他们视野的只是

人造的光线；它们为取悦这些

少数人而贬低大众，以娇弱的气度

将真理等同于某些笼统而平庸的

概念，只为让人快速理解，

或因为著书者的脑袋里本来就无

更高的知识[119]。

《转折》（"The Tables Turned"）第 3 节：

Books! 'tis a dull and endless strife:

Come, hear the woodland linnet,

How sweet his music! on my life,

There's more of wisdom in it[120].

啃书本——无穷无尽的烦恼；

听红雀唱得多美！

到林间来听吧，我敢断言：

这歌声饱含智能[121]。

---

118 *The Collected Poetry of William Wordsworth*, Ware: Wordsworth Editions Limited, 1994, p.743.

119 〔英〕威廉·华兹华斯著《序曲》，丁宏为译，北京：中国对外翻译出版公司 1999 年版，第 334-335 页。

120 *The Collected Poetry of William Wordsworth*, Ware: Wordsworth Editions Limited, 1994, p.481.

121 〔英〕华兹华斯著《华兹华斯诗歌精选》，杨德豫译，太原：北岳文艺出版社 2000 年版，第 214 页。

上诗中之书本不仅指狭义上的书本，而且也指广义上的世事，书本给人带来的肉体上的摧残和精神上的烦恼实际上就是积极入世而给人造成的异化。徐徐西沉的红日、金黄柔和的晚霞、青碧翠绿的田野、引颈欢唱的雀鸟，这一切都象征着自然世界、暗示着隐逸生活。毫无疑问，这样的世界和这样的生活能使人在一定程度上摆脱异化，获得肉体的解脱和精神的自由。华兹华斯在入世道路不通、革命理想破灭的情况下感到了极大的情感压抑，这促使他踏上了出世之路。在寄迹山水的隐居生活中，他逐渐消解了异化，实现了主体性的复归。《序曲》第一卷《引言——幼年与学童时代》（"Book I Introduction-Childhood and School-time"）第 101-104 行特别生动地描写了这一自由闲适的生活：

> So, like a home-bound labourer I pursued
>
> My way beneath the mellowing sun, that shed
>
> Mild influence; nor left in me one wish
>
> Again to bend the Sabbath of that time[122]

> 于是，我像回家的耕夫，继续
>
> 前行，任柔美的太阳泼洒着和煦的
>
> 天意；这是段难得的闲暇，实在
>
> 不愿于此时再套入劳役的羁索[123]。

英国 18 世纪的诗人一般都热衷于都市生活，华兹华斯隐居乡野之举动的确是超凡脱俗的。隐居世外成了他同异化抗衡的特殊方式。

华兹华斯之出世是一种自觉的回归，但它并非是简单意义上对自然和田园之回归，而是对未经世俗异化和污染的人的本性之回归。

其次，隐居世外是华兹华斯获得身心自由的最佳选择。

积极入世如一付枷锁，限制甚至剥夺了人的身心自由，威廉·莎士比亚（William Shakespeare, 1564-1616）[124]《皆大欢喜》（*As You Like It*, 1600）第二幕第七场（Act 2 Scene 7），"整个世界是一大舞台，／所有男人女人都是演

---

122 *The Collected Poetry of William Wordsworth*, Ware: Wordsworth Editions Limited, 1994, p.633.

123 〔英〕威廉·华兹华斯著《序曲》，丁宏为译，北京：中国对外翻译出版公司 1999 年版，第 5 页。

124 Shakespeare: 或译 "狭斯丕尔"，详见：《鲁迅全集》第一卷，北京：人民文学出版社 1981 年版，第 64 页。

员"[125]。在这一大舞台上，人又是何其辛苦、作茧自缚。梭罗《瓦尔登湖》（*Walden*）："我看见青年人，我的市民同胞，他们的不幸是，生下地来就继承了田地、庐舍、谷仓、牛羊和农具；得到它们倒是容易，舍弃它们可困难了。"[126]肯尼斯·雷克思罗斯（Kenneth Rexroth）《空镜》（"Empty Mirror"）：

> 只要我们还迷失在
>
> 有目的之世界中，
>
> 我们就不自由[127]。

生活在公元前 4 世纪的古希腊犬儒主义（cynicism）[128]哲学家狄奥格尼斯（Διογένης ὁ Κυνικός, ?-约前 320）[129]认为，德操（virtue）是获取幸福的唯一需要，除此之外别无它需。住在一个大桶里，早上到公共水池洗脸，饿了捡市场上的菜叶或摘树上的果子吃，渴了到公共水池旁徒手取水喝，过着自由自在的生活。亚历山大大帝（Alexander the great, 前 356-前 323）对此甚为仰慕，他离开宫廷来到市曹，屈尊会见戴奥真尼斯，临别时说了一句话，意味深长："如果我不是亚历山大，那我就要做戴奥真尼斯。"[130]

---

125 转引自：王佐良、何其莘著《英国文艺复兴时期文学史》，北京：外语教学与研究出版社 2006 年版，第 138 页。

126 〔美〕亨利·戴维·梭罗著《瓦尔登湖》，徐迟译，上海：上海译文出版社 2004 年版，第 3 页。

127 转引自：钟玲著《美国诗与中国梦》，桂林：广西师范大学出版社 2003 年版，第 92 页。

128 Cynicism：由"cynic"派生而出，"cynic"来自希腊语"kuon"，意为"dog"，汉译作"犬"、"狗"。犬儒主义忽略家庭、社会、金钱、名誉、地位、吃喝、穿戴、玩乐等世俗的东西，过着狗一样的生活，故名"犬"。

129 Διογένης ὁ Κυνικός：这是古希腊语，拉丁语拼作"Diogenēs ho Kunikos"，拉丁语又称"Diogenēs ho Sinōpeus"，英语拼作"Diogens of Sinope"、"Diogenes the Cynic"。"Διογένης"、"Diogenēs"，汉语除了译作"狄奥格尼斯"外，亦可译作"戴奥真尼斯"、"戴奥吉尼斯"、"戴奥基尼斯"、"狄奥根尼"与"第欧根尼"。"Κυνικός"、"Kunikos"意为"狗一般的人"。"Sinōpeus"、"Sinope"意为"黑海的爱奥尼亚殖民地"（an Iconi colony at the Black Sea），是狄奥格尼斯的出生地，汉语译作"锡诺帕"、"锡诺普"。"Διογένης ὁ Κυνικός"、"Diogenēs ho Kunikos"、"Diogenes the Cynic"，汉语译作"犬儒派狄奥格尼斯"。"Diogenēs ho Sinōpeus"、"Diogens of Sinope"，汉语译作"锡诺帕的狄奥格尼斯"、"锡诺普的狄奥格尼斯"、"锡诺帕的戴奥真尼斯"、"锡诺普的戴奥真尼斯"、"锡诺帕的戴奥吉尼斯"、"锡诺普的戴奥吉尼斯"、"锡诺帕的戴奥基尼斯"、"锡诺普的戴奥基尼斯"、"锡诺帕的狄奥根尼"、"锡诺普的狄奥根尼"、"锡诺帕的第欧根尼"与"锡诺普的第欧根尼"。

130 原文为："If I were not Alexander, I should be Diogenes."详见：Gibert Highet,

在西方文学史上，不时可见描写隐居世外快乐生活的作品。尼采《苏鲁支语录》前言："苏鲁支三十岁了，离开他的故乡和故乡的湖水，隐入山林。于是，独自怡悦心神，玩味寂寞，十年间未曾疲倦。"[131]亚历山大·蒲柏（Alexander Pope, 1688-1744）《平静的生活》（"The Quiet Life"）[132]：

> 这种人真快乐：几亩祖田
>
> 包揽了他的关注和希冀；
>
> 他满足于待在他的田间
>
> 吸故乡空气[133]。

蒲柏创作该诗之时，年仅十二岁。虽是早年的作品，但它却流露了他对隐居生活的向往和赞美。他晚年用翻译所得之稿酬购置田园，回归自然，过着宁静怡然的生活，将他早年对隐居生活的向往变成了现实。安德鲁·马韦尔（Andrew Marvell, 1621-1678）《花园遐思》（"The Garden"）：

> 而你的神圣的草木只是在
>
> 这些草木之中才郁郁蓁蓁；
>
> 同这里美妙的孤寂相比，
>
> 社会几乎是粗野而已[134]。

马韦尔在此处认为，只有进入花园隐居，才能得到快乐。威廉·巴特勒·叶芝（William Butler Yeats, 1865-1939）《湖岛因尼斯弗里》（"The Lake Isle of Innisfree"）：

> 我将享有些宁静，那里宁静缓缓滴零
>
> 从清晨的薄雾到蟋蟀鸣唱的地方；
>
> 在那里半夜清辉粼粼，正午紫光耀映，
>
> 黄昏的天空中布满着红雀的翅膀[135]。

"Diogenes and Alexander"，徐克容主编《现代大学英语教程》第三册，北京：外语教学与研究出版社 2007 年版，第 297 页。

131 〔德〕尼采著《苏鲁支语录》，徐梵澄译，北京：商务印书馆 1992 年版，第 3 页。

132 "The Quiet Life"：又名 "Ode on Solitude"，汉译作 "《隐居颂》"。

133 〔英〕《英国抒情诗 100 首》（修订版），黄杲炘译，上海：上海译文出版社 1998 年版，第 245 页。

134 〔美〕弗·特·帕尔格雷夫原编，罗义蕴、曹明伦、陈朴编注《英诗金库》，成都：四川人民出版社 1989 年版，第 245 页。

135 〔爱尔兰〕叶芝著《叶芝诗集》（上），傅浩译，石家庄：河北教育出版社 2003 年版，第 75 页。

这是叶芝早年的作品，描写的是他所追求的理想的生活，这种生活虽然物质条件原始粗糙，但是却充满着宁静淡雅，一种自由自在、快快乐乐的隐居生活。爱勒莱·强宁（Ellery Channing, 1780-1842）《倍克田庄》：

> 让出一泓红红的清溪，
>
> 水边有闪逃的麝香鼠，
>
> 还有水银似的鳟鱼啊，
>
> 游来游去[136]。

倍克田庄幽静恬美，是一个理想的隐居之地，可以想象，在这里的生活一定是自由、美好的。艾米莉·伊丽莎白·狄金森（Emily Elizabeth Dickinson, 1836-1886）《我是无名之辈，你是谁》（"I'm Nobody! Who Are You?"）：

> 我是无名之辈，你是谁？
>
> 你，也是，无名之辈？
>
> 这就有了我们一对！可是别声张！
>
> 你知道，他们会大肆张扬[137]！

自称为"无名之辈"的叙述人"我"不喜欢抛头露面，不喜欢功名利禄，是一个与世无争、甘愿过默默无闻生活的人。与此相对的"显要人物"却喜欢张扬招摇，喜欢追名逐利，是一个汲汲富贵、不甘过平淡寂寞生活的人。"无名之辈"和"显要人物"所持的人生观截然不同，不难看出，"显要人物"代表着入世一类的人，"无名之辈"代表着出世一类的人。狄金森通过对这两种人的生活方式进行对比，尤其是通过对"显要人物"的生活方式进行剖析，阐明了入世与出世之价值取向，孰是孰非，不言而喻。

同样，对于华兹华斯而言，隐居世外也是他获得身心自由而作的选择。欧文·白璧德在《卢梭与浪漫主义》中写道：

> 当现实世界和乌托邦世界的不和谐变得越来越明显时，当将现在无情地限制在过去的冷酷的因果关系，拒绝屈从于浪漫主义想像的创造物时，在华兹华斯身上产生的与其说是一种真正智慧的觉醒，不如说是一种田园梦想的转变。英国的湖区在某种程度上对他的作用就像对后来的罗斯金的作用一样，都是他摆脱现实的压抑而躲入

---

136 转引自：〔美〕亨利·戴维·梭罗著《瓦尔登湖》，徐迟译，上海：上海译文出版社 2004 年版，第 190 页。

137 〔美〕狄金森著《狄金森抒情诗选》，江枫译，长沙：湖南文艺出版社 1996 年版，第 81 页。

的象牙塔[138]。

华兹华斯也是一个能够在隐居生活中找到自由和快乐的人，其《无题：我一见彩虹高悬天上》（"Untitled: My heart leaps up when I behold"）、《麻雀窝》（"The Sparrow's Nest"）、《远见》（"Foresight"）、《露西·格瑞》（"Lucy Gray"）、《宝贝羊羔》（"The Pet-lamb"）、《瀑布和野蔷薇》（"The Waterfall and the Eglantine"）、《绿山雀》（"The Green Linnet"）、《纺车谣》（"Song for the Spinning-wheel"）、《诗人和笼中的斑鸠》（"The Poet and the Caged Turtledove"）、《致杜鹃》（"To the Cuckoo"）、《水仙》（"The Daffodils"）、《阳春3月作》（"Written in March"）、《廷腾寺》（"Tintern Abbey"）、《致睡眠》（"To Sleep"）、《无题：好一个美丽的夜晚，安恬，自在》（"Untitled: It is a beauteous evening, calm and free"）、《无题：怀着沉静的忧思，我久久凝望》（"Untitled: I watch, and long have watched, with calm regret"）、《无题：月亮呵！你无声无息，默默登天》（"Untitled: With how sad steps, O Moon, thou climb'st the sky"）、《无题：好比苍龙的巨眼，因睡意沉沉》（"Untitled: even as a dragon's eye that feels the stress"）、《威斯敏斯特桥上》（"Composed upon Westminster Bridge"）、《无题：汪斯废尔山！我一家真是有福》（"Untitled: Wansfell! This Household has a favoured lot"）、《孤独的割麦女》（"The Solitary Reaper"）、《未访的雅鲁河》（"Yarrow Unvisited"）、《已访的雅鲁河》（"Yarrow Visited"）、《作于加莱附近海滨》（"Composed by the Seaside near Calais"）、《无题：不羡慕拉丁姆幽林，它浓阴如盖》（"Untitled: Not envying Latin shades - if yet they throw"）、《踏脚石》（"Stepping-stone"）、《转折》（"The Tables Turned"）等诗篇即是很好的例证。

从本质上看，底比斯圣保罗（Saint Paul of Thebes，约230-约341）的皮尔皮斯山、米歇尔·埃康·德·蒙田（Michel Eyquem de Montaigne, 1533-1592）的圆塔、米歇尔·德罗比达（Michel de L'Hôpital, 1505-1573）的戴维领地、亨利·戴维·梭罗（Henry David Thoreau, 1817-1862）的瓦尔登湖并无二致，它们均是他们隐居世外的一种象征，是他们追求肉体和精神自由的最佳选择。

再次，隐居世外是华兹华斯全身远祸的有效途径。

在黑暗、浑浊的社会之中，往往是黑白颠倒、是非不分的，在英国历史

138〔美〕欧文·白璧德著《卢梭与浪漫主义》，孙宜学译，石家庄：河北教育出版社2003年版，第50-51页。

上，有许多人物曾经叱咤风云，但由于社会险恶，最终还是不免牺牲生命，以悲剧形式结束了自己的一生。哈罗德二世（Harold II, 约 1019-1066）是英国强有力的统治者和卓越的将军，但他在北面挥军击溃挪威侵略军后，未能在南面打败渡海而来的诺曼底公爵威廉（Duke William of Normandy, 1028-1087）的入侵，最后"和他的两个弟兄以及其它将领全部阵亡"[139]。威廉一世的次子威廉在父亲死后继承父位成为威廉二世（William II, 约 1060-1100），虽贵为英王，最后"在一次狩猎中被流矢射中身亡"[140]。坎特伯雷大主教托马斯·贝克特（Thomas Becket, 1118-1170）"自亨利二世于 1154 年即位以来一直任司法大臣之职，是国王的好友"[141]，后因亨利二世与教会之争被流放欧洲六年之久，回国后不久即被四名骑士杀死在坎特伯雷大教堂内。狮心王理查一世（Richard I, 1157-1199）在位十年只有五个月住在国内，其余时间均在国外进行征战，1192 年在回国途中被仇敌奥地利公爵利奥波德捕获并移交德国皇帝亨利六世，赎回英国后他"又出国征战，于 1199 年在交战中受伤身亡"[142]。瓦特·泰勒（Wat Tyler, ?-1381）领导农民举行起义，应者云集，声势浩大，他们攻占伦敦，"摧毁几所建筑，破坏几处监狱、释放犯人，并处死一些不得人心的官员"[143]，迫使国王与之谈判，尽管如此，最后泰勒本人还是被官府阴谋杀害。罗伯特·凯特（Robert Kett）领导反圈地农民起义，攻陷英国第二大城市诺里奇，击溃北安普敦侯爵（Duke of Northampton, 1513-1571）率领的有 1,200 人组成的军队，最后"凯特兄弟和另外几百个人都被迫追获绞死"[144]。理查·恩普森（Richard Enpon, ?-1510）和埃德蒙·达德利（Edmund Dudley, 1462-1510）严厉执行政策，虽不得民心，倒还忠于亨利七世（Henry VII, 1457-1509），最后却被为了收买人心的亨利八世（Henry VIII,

---

139 陈治刚、张承谟、汪尧田、汪明编著《英美概况》（新编本），上海：上海外语教育出版社 1994 年版，第 38 页。

140 陈治刚、张承谟、汪尧田、汪明编著《英美概况》（新编本），上海：上海外语教育出版社 1994 年版，第 40 页。

141 陈治刚、张承谟、汪尧田、汪明编著《英美概况》（新编本），上海：上海外语教育出版社 1994 年版，第 42 页。

142 陈治刚、张承谟、汪尧田、汪明编著《英美概况》（新编本），上海：上海外语教育出版社 1994 年版，第 44 页。

143 陈治刚、张承谟、汪尧田、汪明编著《英美概况》（新编本），上海：上海外语教育出版社 1994 年版，第 50 页。

144 陈治刚、张承谟、汪尧田、汪明编著《英美概况》（新编本），上海：上海外语教育出版社 1994 年版，第 54 页。

1491-1547）"以莫须有的叛国罪名"[145]处死。乔治·白金汉公爵（George Villiers, Duke of Buckingham, 1592-1628）"为查理的宠臣"[146]，曾率海军远征西班牙，但在 1626 年 2 月召开的第二届议会上差点被以叛国罪弹劾，两年后他被海军军官约翰·费尔顿（John Felton）刺死。斯特拉福伯爵（Earl of Strafford, 1593-1641）是查理一世（Charles I, 1600-1649）的宠臣和他反动政策的推行者，最后却在查理一世同意的情况下，"在约 20 万群众围观下在塔山被处死"[147]。劳德大主教（Archbishop Laud, 1573-1645）亦是查理一世的宠臣和他反动政策的推行者，最后也被逮捕，"以叛国罪于 1645 年被处死刑"[148]。查理一世贵为国王，但在英国资产阶级革命洪流中却自身难保，1649 年 1 月 30 日在白厅（White Hall）前以"暴君、叛徒、杀人犯和我国善良人民的敌人"[149]之罪被斩首。以上诸公皆一度威震天下，但在人心叵测、身不由己的社会中最后走向了毁灭，至于素来被认为懦弱的文人学士，其命运更可想而知。

在动乱险恶的社会之中，潜隐人世、浪迹山林成了全身远祸、保存自我的有效途径。华兹华斯生活在一个充满动乱、暴力和血腥的年代。1791 年 11 月至 1792 年 12 月，他在法国停留了一段时间，而此时正逢法国革命进入一个激化的新阶段，政权飞速更迭，局势瞬息万变。1792 年春天，奥地利和普鲁士封建军队武装干涉法国革命，但法国贵族、高级将领和宫廷中出现了叛国活动，革命面临严重局面。1792 年 4 月，法国对奥地利宣战。1792 年 8 月 9 日至 10 日，巴黎人民发动第二次武装起义。他们攻占了屠勒里王宫，囚禁了国王路易十六（Louis XVI, 1754-1793），大肆逮捕了国王的同情者，推翻了君主统治。1792 年 9 月，国民公会开幕，吉伦特派掌握了政权。同月，巴黎群众冲进监狱，屠杀了几百个王党分子，"九月大屠杀"（the September

145 陈治刚、张承谟、汪尧田、汪明编著《英美概况》（新编本），上海：上海外语教育出版社 1994 年版，第 56 页。

146 陈治刚、张承谟、汪尧田、汪明编著《英美概况》（新编本），上海：上海外语教育出版社 1994 年版，第 64 页。

147 陈治刚、张承谟、汪尧田、汪明编著《英美概况》（新编本），上海：上海外语教育出版社 1994 年版，第 66 页。

148 陈治刚、张承谟、汪尧田、汪明编著《英美概况》（新编本），上海：上海外语教育出版社 1994 年版，第 66 页。

149 陈治刚、张承谟、汪尧田、汪明编著《英美概况》（新编本），上海：上海外语教育出版社 1994 年版，第 73 页。

Massacre）事件爆发[150]。1792 年年末，法国国民议会通过法令向全欧公然宣布了一个令全欧君主闻之色变的空前的革命措施，即法国愿意向一切推翻本国政府以争取自由的人民进行军事援助。1793 年 1 月，吉伦特派统治下的法国宣判并处死了路易十六。法国革命对英国统治阶级构成了极大的威胁，英国首相小威廉·皮特（William Pitt, the younger, 1759-1806）代表政府草拟了对法作战的檄文，2 月初，法国对英宣战，英法大战爆发，两个仅有英吉利海峡之隔的邻邦变成了水火不容的敌人，仇恨相加，你拼我杀。不仅如此，"从军事和文化方面来看，整个十八世纪法国都是历史的敌人"[151]。1793 年 5 月底到 6 月初，巴黎人民发动第三次武装起义，推翻了吉伦特派的统治，掀起了革命的高潮，把以罗伯斯庇尔、圣鞠斯特为首的雅各宾派推上了台。雅各宾派上台后，开始推行暴政。约翰·洛克（John Locke, 1632-1704）《政府论·论暴政》："统治者无论有怎样正当的资格，如果不以法律而以他的意志为准则，如果他的命令和行动不以保护他的人民的财产而以满足他自己的野心、私愤、贪欲和任何其其他不正当的情欲为目的，那就是暴政。"[152]雅各宾派的暴政主要体现在对吉伦特派的屠戮和对雅各宾派内部的镇压上。其一，雅各宾派对吉伦特派进行了大量的血腥屠杀。华兹华斯在法国时，同吉伦特派人有不少联系，其中许多好友对革命忠心耿耿，但也遭到无情杀戮。他本人因提前回国，方幸免于难，这在《序曲》第十卷《寄居法国——续》第 221-236 行中有清楚的叙述：

> By ancient lawgivers.
> In this frame of mind,
> Dragged by a chain of harsh necessity,
> So seemed it,——now I thankfully acknowledge,
> Forced by the gracious providence of Heaven,——
> To England I returned, else　（though assured

---

150 关于在"九月大屠杀"中遭到屠杀的人之数目，丁宏为在《序曲》译本注释中说是 3000 名，疑有误。参见：第十卷注 2，〔英〕威廉·华兹华斯著《序曲》，丁宏为译，北京：中国对外翻译出版公司 1999 年版，第 283 页。

151 *British Romanticism*, edited by Stuart Curran, Cambridge: Cambridge University Press, 1993, p.3.

152 〔英〕洛克著《政府论》下编，叶启芳、瞿菊农译，北京：商务印书馆 1964 年版，第 121-122 页。

That I both was and must be of small weight,

No better than a landsman on the deck

Of a ship struggling with a hideous storm)

Doubtless, I should have then made common cause

With some who perished; haply perished too,

A poor mistaken and bewildered offering,——

Should to the breast of Nature have gone back,

With all my resolutions, all my hopes,

A Poet only to myself, to men

Useless, and even, beloved Friend! a soul

To thee unknown[153] !

怀着如此心情，

我回到英格兰，当时似被生计的

巨链拖回，如今我以感激之情

承认，是上天仁慈的安排——若不

回去（尽管我无论如何都是

无足轻重，在那艘与险风恶浪

搏斗的船上，不过是一名普通的

乘客），毫无疑问我会追随

某些现已消逝的人们，或许

也已消逝，在错误与困惑中草草

奉献了生命——带着所有未了的

心愿、所有憧憬，回到大地

母亲的怀抱，不过一个自命的

诗人，于他人毫无用处，甚至，

亲爱的朋友！还来不及结识你的

面容[154] ！

153 *The Collected Poetry of William Wordsworth*, Ware: Wordsworth Editions Limited, 1994, p.721.

154 〔英〕威廉·华兹华斯著《序曲》，丁宏为译，北京：中国对外翻译出版公司 1999 年版，第 268-269 页。

其二，雅各宾派对雅各宾派内部进行了残酷镇压，以丹敦为首的右派集团和以埃贝尔为首的左派集团均未能幸免。据德尼兹·加亚尔和贝尔纳代特·德尚等人研究，在雅各宾派统治期间，"全法国约有 40000 人被送上断头台"[155]。华兹华斯在《序曲》中对雅各宾派的暴政有很多记录，第十卷《寄居法国——续》第 356-362 行：

> Domestic carnage now filled the whole year
>
> With feast-days; old men from the chimney-nook,
>
> The maiden from the bosom of her love,
>
> The mother from the cradle of her babe,
>
> The warrior from the field - all perished, all——
>
> Friends, enemies, of all parties, ages, ranks,
>
> Head after head, and never heads enough[156]

> 其国内的屠杀开始，整整一年，
>
> 每一天都似节日的狂欢。壁炉边的
>
> 老人、恋人怀中的少女、摇篮旁的
>
> 母亲、战场上的勇士——全都消失了，
>
> 消失了——朋友、敌人，不同的党派、
>
> 年龄、阶层，一个接一个的头颅，
>
> 头颅再多也不能让宣判者满足[157]。

雅各宾派对左派的镇压使自身丧失了群众，削弱动摇了统治基础。1794 年 7 月 27 日（法国共和历热月 9 日，le 9 Thermidor），右派残余分子勾结反罗伯斯庇尔的势力发动"热月政变"，逮捕了罗伯斯庇尔。翌日，罗伯斯庇尔被处死，雅各宾派专政被颠覆，法国资产阶级革命的高潮结束。对这一系列的动乱、暴力和血腥，华兹华斯耳闻目睹，感到震慑和恐怖，法国已变成了一个危险之地，《序曲》第十卷《寄居法国——续》第 90-93 行：

> Promised soft peace and sweet forgetfulness.

---

155 德尼兹·加亚尔、贝尔纳代特·德尚等著《欧洲史》，蔡鸿滨、桂裕芳译，海口：海南出版社 2000 年版，第 454 页。

156 *The Collected Poetry of William Wordsworth*, Ware: Wordsworth Editions Limited, 1994, p.723.

157 〔英〕威廉·华兹华斯著《序曲》，丁宏为译，北京：中国对外翻译出版公司 1999 年版，第 273 页。

The place, all hushed and silent as it was,

Appeared unfit for the repose of night,

Defenceless as a wood where tigers roam[158].

......尽管四下里悄然

无声，都是静谧，但这夜晚

却不宜安眠，像一片未增设防的

森林，到处有散漫的老虎游荡[159]。

  随着法国革命和英法战争的深入，英国小皮特（William Pitt, the Younger, 1759-1806）政府在国内实行镇压政策，英国白色恐怖日益严重：1794 年 5 月至 1795 年 7 月，人生保护法停止生效。1798 年至 1801 年议会再度终止此法律的效力。政府还促使议会通过了限制集会结社的法令，规定凡是举行五十人以上的集会，须经过三个以上治安官批准，否则下令解散，乃至调集军队镇压。《人的权利》（The Right of Man）列为禁书，托马斯·潘恩（Thomas Paine, 1737-1809）受到通缉。伦敦通讯社和其他激进派组织的活动均遭到禁止。随着法国暴力、恐怖事件的增长和法国在政权、对外战争的性质的变化，英国人对法国革命的态度也在逐渐转变，从主张改革转为拥护现有的君主立宪制。相应地，保守主义组织在各地纷纷建立，其数量在全国多达至少数百。据此，完全有理由认为，对于华兹华斯来说，隐居世外至少在潜意识中是其全身远祸的选择。

  最后，隐居世外是华兹华斯迫不得已的选择。

  外面的世界很精彩，外面的世界很无奈。亚历山大·蒲伯（Alexander Pope, 1688-1744）在《论人》（An Essay on Man）第 294 行中写道："有一条道理很清楚：凡是存在的，均是正确的。"[160]尼采在《悲剧的诞生》（Die Geburt der Tragodie）第九节中写道："'一切现成的都兼是合理的和不合理的，在两种情况下有同等的权利。'／这就是你的世界！这就叫做世界！"[161]

---

158 *The Collected Poetry of William Wordsworth*, Ware: Wordsworth Editions Limited, 1994, p.719.

159 〔英〕威廉·华兹华斯著《序曲》，丁宏为译，北京：中国对外翻译出版公司 1999 年版，第 263 页。

160 Alexander Pope, "An Essay on Man", *An Anthology of English Verse*, edited with an Introduction by Wang Zuoliang, annotated in Chinese by Jin Liqun, Shanghai: Shanghai Translation Publishing House, 1993, p.222.

161 〔德〕尼采《悲剧的诞生》（修订本），周国平译，太原：北岳文艺出版社 2004 年版，第 38 页。

在西方文化中，有顺从的价值取向，《圣经·新约全书·雅各书》（"James", *The Books of the New Testament, The Holy Bible*）："我的兄弟们，你们落在百般试炼中，都要以为大喜乐；因为知道你们的信心经过试验，就生忍耐。但忍耐也当成功，使你们成全、完备，毫无缺欠。"[162] "弟兄们，你们要把那先前奉主名说话的众先知当作能受苦能忍耐的榜样。那先前忍耐的人，我们称他们是有福的。"[163]

在西方文化中，也有中庸之道的价值取向，贺拉斯（Quintus Horatius Flaccus，前65-前8）在诗歌中写道："莫往深处冒险，莫向高处飞翔，须提防风暴来时，冲击岩石，浪花四溅；要坚守平安与宁静，永远满足于中庸：这一领域，介乎陋室和宫殿之间。"[164] "宁可委曲求全，不可惹祸杀身。"[165] 《圣经全集·训道篇》："不要过于正义，也不要自作聪明，免得自趋灭亡。不要作恶无度，也不要糊涂太甚，免得你死非其时。"[166] 尼采《悲剧的诞生》第四节："俄狄浦斯因为他过分聪明，解开斯芬克司之谜，必定陷入罪恶的乱伦旋涡——这就是德尔斐神对希腊古史的解释。"[167]

中庸之道和韬光养晦又有相通之处，它们都有其现实的社会意义。据《英国文学名篇选注》注释，蒲伯为人才华太露，长期遭受来自各方面的攻击，在名声等方面蒙受了较大的损失。他本人对此亦颇为感慨，宣称这是他一生之中"长期的病症"[168]。

苏格拉底、塞克斯特、蒙田等人主张一个人对自己国家的习俗要表面顺从，所有这些都是从保全自我的角度而感发的。表面的顺从和退让能留住东山再起的本钱，不仅可以保全自我，并且有可能使自己立于不败之地。

---

162 《圣经》，新标准修订版、新标准和合本，中国基督教协会，第376页。

163 《圣经》，新标准修订版、新标准和合本，中国基督教协会，第381页。

164 伍蠡甫、翁义钦合著《欧洲文论简史》，北京：人民文学出版社1985年版，第33页。

165 原文为："Better bend (or bow) than break." 或译："屈身比碎身强，谦让比逞强好。""人在矮檐下，不得不低头。"参见：盛绍裘、李永芳编《英汉双解英语谚语辞典》，上海：知识出版社1989年版，第81页。

166 田志康、康之鸣、李福芝选编《圣经诗歌全集》，北京：学苑出版1990年版，第311页。

167 〔德〕尼采《悲剧的诞生》（修订本），周国平译，太原：北岳文艺出版社2004年版，第15页。

168 〔英〕王佐良、李赋宁、周珏良、刘承沛主编《英国文学名篇选注》，北京：商务印书馆1983年版，第434页。

但是，从社会角度来看，隐居世外是放任自己个性的行为，它忽视了社会规范，违背了群体观念和社会功利要求，造成了人力资源的浪费。托马斯·格雷（Thomas Gray, 1716-1771）在《墓园挽歌》（"Elegy Written in a Country Churchyard"）中有四句诗可作为注脚：

　　　世界上多少晶莹皎洁的珠宝

　　　埋在幽暗而深不可测的海底；

　　　世界上多少花吐艳而无人知晓，

　　　把芳香白白的散发给荒凉的空气[169]。

华兹华斯之隐居世外具有逃避现实的某些特征，但是，又不能以消极二字来对他进行简单的标记。关于他的隐居世外，至少有以下四点是可以肯定的。

第一，隐居世外表现了华兹华斯对自由精神和独立人格的追求。

华兹华斯从极端扭曲人性的社会中退出来，投身于适于人性的山林田园，表现了对自由精神和独立人格的追求。人是由肉体和精神两部分组成的，但在西方的中世纪，人的灵魂和肉体被极端对立起来，精神、灵魂被说成是本质方面，而肉体被看成是非本质方面，甚至是反本质方面，是一切罪恶的根源。伊曼纽尔·康德（Immanuel Kant, 1724-1804）认为，人是唯一具有双重性的存在。一方面，人是感性的存在物，人完全受自然因果律支配，为自然本能所左右；另一方面，人又是理性的存在物，人能够摆脱自然欲望的束缚而成为有独立人格的主体。正是人的理性才构成人的独一无二性、人自身的尊严和价值。继康德之后，约翰·戈特利布·费希特（Johann Gottlieb Fichte, 1762-1814）、弗雷德里克·威廉·约瑟夫·冯·谢林（Friedrich Wilhelm Joseph von Shelling, 1775-1854）和乔治·威廉·弗雷德里克·黑格尔（Georg Wilhelm Friedrich Hegel, 1770-1831）等人企图把人的精神与肉体、理性与感性这两重性统一起来。费希特把人的精神和肉体统一了起来，宣扬"自我是主体与客体的统一"[170]。谢林用"绝对同一"的精神实体统一人的精神与肉体。黑格尔把"绝对同一"变成"绝对精神"、"绝对理性"，认为精神、理性是人的本质，"人的本质就是精神"[171]，

169　〔英〕王佐良译，王佐良主编、金立群注释《英国诗选》（注释本），上海：上海译文出版社 1993 年版，第 232 页。

170　〔德〕费希特著《人的使命》，梁志学、沈真译，北京：商务印书馆 1982 年版，第 79 页。

171　〔德〕黑格尔著《历史哲学》，王造时译，上海：世纪出版集团上海书店出版社 2001 年版，第 373 页。

"只有人类才是精神"[172]，"精神一般说来就是思维，人之异于动物就因为他有思维"[173]。他认为人的肉体与精神的统一，不是抛弃自然的统一，而是既包含又超出自然的统一，这个统一有一个过程，人的精神本质是一个不断完善的过程。人的意识只有到了自我意识的阶段，人才能与禽兽等一般自然物区别开来，人的自我意识通过不断完善，只有到了"绝对精神"阶段，人的精神本质才最后实现。在西方哲学史上，所有人的问题都围绕着自由的太阳旋转，自由成为西方人的学说的拱心石，是一条贯穿人的学说发展始终的红线[174]。西方一些哲学家认为，自由乃人之为人之本质特征，自由是人所特有的，动物毫无自由可言，自由是人区别于动物的一个新特性。古希腊哲学家在批判封建专制和宗教神学对人的束缚时，才高唱自由的赞歌，用人性来反对神性，认为人的自由的天赋的，是本来就存在的。伏尔泰说过，人性的最大天赋叫做自由。哲学家把自由看成是人性的产物，认为放弃自由就是放弃做人的资格。卢梭崇尚自由，认为人生来就是自由的，"放弃自己的自由，就是放弃自己做人的资格，就是放弃人类的权利，甚至就是放弃自己的义务"[175]，"无论以任何代价抛弃生命和自由，都是既违反自然同时也违反理性的"[176]。他认为，人与动物的区别在于人有自由，自然支配着一切动物，禽兽总是服从，人虽然也受到同样的支配，却认为自己有服从或反抗的自由。人特别是因为他能认识到这种自由，因而才显示出他精神的灵性。在西方哲学史上，康德第一次比较明确地把人的自由问题作为实践的核心问题加以探讨。他认为人在实践理性领域中，人自己决定自己，人是自主的、自由的，人能够真正实现人的目的性，体现出人性的崇高和人格的伟大。康德所说的实践，主要指人内心的道德修养[177]。黑格尔认为，人的本质是精神，精神的本质是自由，因而人的本质是自由。他阐述道："禽兽没有思想，只有人才有思想，所

---

172 〔德〕黑格尔著《历史哲学》，王造时译，上海：世纪出版集团上海书店出版社 2001 年版，第 366 页。

173 周辅成《西方伦理学名著选辑》下卷，北京：商务印书馆 1996 年版，第 406 页。

174 杨廷久《理性与自由的冲突——西方哲学家对人的理解的一个困境》，《湖北大学学报》（哲学社会科学版）1993 年第 2 期，第 85 页。

175 〔法〕卢梭著《社会契约论》，何兆武译，北京：商务印书馆 1980 年版，第 16 页。

176 〔法〕卢梭著《论人类不平等的起源和基础》，李常山译，北京：商务印书馆 1962 年版，第 137 页。

177 杨廷久《理性与自由的冲突——西方哲学家对人的理解的一个困境》，《湖北大学学报》（哲学社会科学版）1993 年第 2 期，第 83 页。

以也只有人才有自由。""人本身就是思维，""人的规定性是思维着的理性：思维一般是他的单纯规定性，他由于这种规定性而与禽兽相区别。"[178] 黑格尔认为，人的普遍神圣的精神方面和非神圣的自然方面构成了人的双重性，二者不是相互排斥而是相互统一的。人的自由本质并不排斥人的自然性，它既包含人的自然性，又超出自然性。他写道："人只是就这样的意义来说才是上帝，即人要扬弃他的精神的自然性和有限性并把自己提升为上帝。"[179]人要最大限度地求得自由，最佳的选择是遁迹山水。盛唐时期的王维、孟浩然等诗人，往往将归隐视作傲世独立的表现，以入于山林、纵情山水显示人品的高洁，进而寻找人与自然融为一体的纯美天地。华兹华斯在人性被普遍严重扭曲的社会中不堪心灵的重负，渴望寻求自由的精神和独立的人格，而自由精神和独立人格只有在山林田园中才可觅得。他们之回归山水田园，实际上就是要摆脱他们所生活的社会对他们的异化，恢复人的自然天性，追求人的自由本质。在自然山水之中，他们既最大限度地保持了自然性，又尽可能地超越了自然性，在扬弃精神的自然性和有限性的基础上获得了最大的自由，将自己超拔成了自由王国的上帝。

第二，隐居世外昭示了华兹华斯对美好生活的向往。

华兹华斯从污秽不堪、丑态百出的社会中退出，到美丽的田园湖泊隐居，昭示了了对美好生活的向往。杜维平在谈到以华兹华斯为主的浪漫主义诗人时说：

> 与浪漫主义诗人忧虑、孤独和绝望并存的是他们的从不泯灭的艺术良知和强烈的道德意识，他们是有使命感的诗人，正像浪漫主义诗歌是具有"有价值的目的一样"。这些诗人面对大众道德情感的丧失，笔耕不辍，以规范人们的情感，给情感注入新的内涵，并逐步使之净化到大自然的纯洁程度，这正是他们描写自然的一个主要目的[180]。

第三，隐居世外是华兹华斯对天下关怀的延续。

---

178 〔德〕黑格尔著《历史哲学》，王造时译，上海：世纪出版集团上海书店出版社 2001 年版，第 118 页。

179 〔德〕黑格尔著《历史哲学》，王造时译，上海：世纪出版集团上海书店出版社 2001 年版，第 369 页。

180 杜维平《以诗论诗——英国经典浪漫主义诗歌解读》，《外国文学》2003 年第 4 期，第 48 页。

黄维樑《东海西海，心理攸同——以文学为例试论中西文化的大同性》：
"知识分子对国事天下事本来就关心，从屈原、范仲淹、顾炎武到萨特、赛义德，中西千千万万个读书人都如此。"[181]东西方知识分子对天下的关心，是无关乎其入世与否的。华兹华斯的隐居世外不是胸怀天下的终结，他们是胸怀天下的隐士。

英国学人虽然没有象中国士人那样向来具有强烈之使命感，但是他们一般对民族、国家也是关心的。中世纪的统治漫长而黑暗，禁锢了英国学人的思想。但经过 14 至 16 世纪文艺复兴，英国学人走出了这一漫漫长夜，思想得到极大的解放。经过 17 世纪资产阶级革命的洗礼，英国学人进一步摆脱思想禁锢。经过 18 世纪后半叶至 19 世纪中叶工业革命，英国学人进一步提高社会觉悟。到了 19 世纪的浪漫主义时期，英国学人对民族、国家乃至整个世界表现出了空前的关心。乔治·戈登·拜伦（George Gordon Byron, 1788-1824）、珀西·比希·雪莱（Percy Bysshe Shelley, 1792-1822）、约翰·济慈（John Keats, 1795-1821）等积极浪漫主义诗人就是很好的例子。他们是积极入世之人，对天下事是十分关心的。即使是所谓消极浪漫主义之"湖畔派"诗人（Lake Poets）华兹华斯、塞缪尔·泰勒·柯勒律治（Samuel Taylor Coleridge, 1772-1834）[182]、罗伯特·骚塞（Robert Southey, 1774-1843）[183]也对天下事是十分关心的。

华兹华斯隐居世外之后也是对世事保持着极大的关注。据他自述，在西班牙抗法斗争期间，他对西班牙的抗法斗争怀着令人难以置信的密切关注和深切同情，以至多次在凌晨两点钟左右就离开格拉斯米尔的住处，到半路上去迎接来自凯西克镇的送报人，以期更早地从报上读到关于西班牙战事的报道。在他隐居世外后所作的诗歌中，有很大一部分都以这种或那种方式凝聚着他对天下事的关注。如：《罗布·罗伊之墓》（"Rob Roy's Grave"）作于 1805 年 6 月至 1806 年 2 月，他在该诗中对为平民自由而战斗的苏格兰高地氏族首领罗布·罗伊（Rob Roy, 1671-1734）进行了纵情歌颂。《加莱，1802 年 8 月》（"Calais,

---

181 黄维樑《东海西海，心理攸同——以文学为例试论中西文化的大同性》，《中国比较文学》2006 年第 1 期，第 98 页。

182 Coleridge: 或译"科尔立治"，详见〔英〕刘若端编《十九世纪英国诗人论诗》，曹葆华、刘若端、缪灵珠、周珏良译，北京：人民文学出版社 1984 年版，第 57 页。

183 Southey: 或译"修黎"，详见：《鲁迅全集》第一卷，北京：人民文学出版社 1981 年版，第 73 页。

August, 1802"）作于 1802 年 8 月，他在该诗中对前往法国向拿破仑·波拿巴（Napoleon Bonaparte, 1769-1821）[184]执政表示敬意的英国人进行了鄙视斥责。《为威尼斯共和国覆亡而作》（"On the Extinction of the Venetian Republic"）作于约 1802 年 8 月，他在该诗中对体现了反对奴役、维护精神的威尼斯共和国表示了称赞。《致图森·路维杜尔》（"To Toussaint L'ouverture"）也作于约 1802 年 8 月，他在该诗中对蒙难的图森·路维杜尔（Toussaint L'ouverture, 1746?-1803）表示了同情鼓励。《一个英国人有感于瑞士的屈服》（"Thought of a Briton on the Subjugation of Switzerland"）作于 1806 或 1807 年初，他在该诗中对瑞士屈从于拿破仑而丧失自由表示了惋惜悲痛。《作于伦敦，1802 年 9 月》（"Written in London: September 1802"）作于 1802 年 9 月，他在该诗中英国社会、伦理、精神和道德的每况愈下表示痛心疾首。《伦敦，1802 年》（"London, 1802"）也作于 1802 年 9 月，他在该诗中对英国社会的种种弊端作了揭露，并呼唤死去的约翰·弥尔顿（John Milton, 1608-1674）[185]拯救英国。《无题：不列颠自由的洪流，从古昔年代》（"Untitled: It is not to be thought of that the Flood"）[186]作于 1802 或 1803 年，他在该诗中流露出了民族光荣感、民族自豪感和民族优越感，并纵情歌颂了英国的自由。《无题：我记得一些大国如何衰退》（"Untitled: When I have borne in memory what has tamed"）[187]也作于 1802 或 1803 年，他在该诗中对英国高风美德的消逝表示了担忧羞愧。《献给肯特的士兵》（"To the Men of Kent"）作于 1803 年 10 月，他在该诗中对保卫国家的肯特士兵表示了肯定和鼓励。《预卜》（"Anticipation"）也作于 1803 年 10 月，他在该诗中对英国军民大败法军、举国欢庆的情形作了想象。《为"禁止贩卖奴隶法案"终获通过致托马斯·克拉克森》（"To Thomas Clarkson, on the Final Passing of the Bill for the Abolition of the Slave Trade"）作于 1807 年 3 月，他在

---

184 Napoleon: 或译"拿坡仑"，详见：《鲁迅全集》第一卷，北京：人民文学出版社 1981 年版，第 79 页。

185 Milton: 或译"弥耳敦"，详见：《鲁迅全集》第一卷，北京：人民文学出版社 1981 年版，第 73 页。

186 在华兹华斯有的诗歌选集中，这首诗作并非无题诗，其标题为"Britons and Freedom"，可译为《英国人和自由》。原诗参见：*William Wordsworth: Selected Poems*, London: Penguin Books Limited, 1996, p.182.

187 在华兹华斯有的诗歌选集中，这首诗作并非无题诗，其标题为"A Briton's Love for Britain"，可为《一个英国人对英国的爱》。原诗参见：*William Wordsworth: Selected Poems*, London: Penguin Books Limited, 1996, p.183.

该诗中对为解放英国和欧洲各国黑奴献出了毕生精力的英国废奴运动领袖托马斯·克拉克森（Thomas Clarkson, 1760-1846）给予了充分肯定，对英国通过禁止贩卖奴隶法案表示了热情欢呼。《有感于辛特拉协议，为之撰一短论，并赋此诗》（"Composed While the Author Was Engaged in Writing a Tract, Occasioned by the Conventution of Cintra"）作于 1808 年 11 或 12 月，他在该诗中西班牙和葡萄牙的抗法斗争表示了同情和支持，并预言他们终将获得胜利。《霍弗尔》（"Hofer"）作于 1809 年，他在该诗中对奥地利蒂罗尔爱国志士安德里亚斯·霍弗尔（Hofer, 1767-1810）的抗法斗争作了热情洋溢的歌颂。《蒂罗尔人的心情》（"Feelings of the Tyrolese"）也作于 1809 年，他在该诗中对蒂罗尔人民的抗法斗争作了充分的肯定。《有感于蒂罗尔人的屈服》（"On the Final Submission of the Tyrolese"）也作于 1809 年，他在该诗中蒂罗尔人民武装抗法的失败作了正面、积极的评价，认为眼前的失败是尔后夺取全面胜利的先声。《1810 年》（"1810"）作于 1810 年，他在该诗中对西班牙民族英雄何塞·帕拉福克斯·伊·梅尔西（"Don Joseph Palafox-y-Melzi", 1780-1847）被法军俘虏表示了痛惜，对西班牙的抗法斗争作了歌颂。《西班牙人的愤怒》（"Indignation of a High-minded Spaniard"）作于 1810 年，他在该诗中对拿破仑在西班牙犯下的种种暴行进行了讽刺和谴责。《法国兵和西班牙游击队》（"The French and Spanish Guerillas"）作于 1810 或 1811 年，他在该诗中对西班牙游击队的抗法斗争进行了热情的歌颂和深切的同情。《漫游》（The Excursion）作于 1814 年，这首诗"部分描写了工业革命期间的社会状况"[188]。丁宏为认为："华兹华斯从来不是反科学的蒙昧主义者，以为他想回到前工业社会或原始部落的认识并不精确。"[189]《为滑铁卢之战而作》（"Occasioned by the Battle of Waterloo"）作于 1816 年 2 月，他在该诗中对英国、普鲁士联军在滑铁卢（Waterloo）取得抗法斗争的决定性胜利表示了热情洋溢的颂扬。《致海登，观其所绘〈拿破仑在圣海伦娜岛〉》（"To B.R.Haydon, on Seeing His Picture of Napoleon Buonaparte on the Island of St.Helena"）作于 1831 年 6 月 11 日，他在该诗中对拿破仑进行了否定和谴责。如若华兹华斯在隐居世外之后对天下事采取不闻不问的态度，他是断然写不出这样的诗歌的。

---

188 John Purkis, *A Preface to Wordsworth*, Beijing: Peking University Press, 2005, p.50.

189 丁宏为著《理念与悲曲——华兹华斯后革命之变》，北京：北京大学出版社 2002 年版，第 160 页。

华兹华斯在文学作品中表达对天下事的关心采用的则是直书式的，如《罗布·罗伊之墓》、《致海登，观其所绘〈拿破仑在圣海伦娜岛〉》等，但最能说明问题的可能要算诗集《献给民族独立和自由的诗》（*Poems Dedicated to National Independence and Liberty*）。这个诗集写作时间开始于拿破仑就任"终身执政"的 1802 年，结束于拿破仑大败滑铁卢的次年 1816 年，共收入诗歌 74 首，诗史般地反映了十几年间欧洲的重大历史事件和拿破仑帝国的兴衰，基调是维护欧洲各国的独立自由，反对拿破仑的对外扩张和武装侵略，如《加莱，1802 年 8 月》、《为威尼斯共和国覆亡而作》、《致图森·路维杜尔》、《一个英国人有感于瑞士的屈服》、《作于伦敦，1802 年 9 月》、《伦敦，1802 年》、《无题：不列颠自由的洪流，从古昔年代》《无题：我记得一些大国如何衰退》、《献给肯特的士兵》、《预卜》、《为"禁止贩卖奴隶法案"终获通过致托马斯·克拉克森》、《有感于辛特拉协议，为之撰一短论，并赋此诗》、《霍弗尔》、《蒂罗尔人的心情》、《有感于蒂罗尔人的屈服》、《1810 年》、《西班牙人的愤怒》、《法国兵和西班牙游击队》、《为滑铁卢之战而作》等。其中，《作于加莱附近海滨》较有代表性：

> FAIR Star of evening, Splendour of the west,
> Star of my Country!-on the horizon's brink
> Thou hangest, stooping, as might seem, to sink
> On England's bosom; yet well pleased to rest,
> Meanwhile, and be to her a glorious crest
> Conspicuous to the Nations. Thou, I think,
> Should'st be my Country's emblem; and should'st wink,
> Bright Star! with laughter on her banners, drest
> In thy fresh beauty. There! that dusky spot
> Beneath thee, that is England; there she lies.
> Blessings be on you both! one hope, one lot,
> One life, one glory!-I, with many a fear
> For my dear Country, many heartfelt sighs,
> Among men who do not love her, linger here[190].

---

190 *The Collected Poetry of William Wordsworth*, Ware: Wordsworth Editions Limited, 1994, p.303.

美丽的黄昏星，西方的明灯！你是

我的祖国的星辰！地平线上方

只见你荧荧孤悬，缓缓下降，

仿佛要投入英格兰怀中；同时

又乐于留在天边，做一颗宝石，

在她的华冠上闪耀，让万国瞻仰。

你该是英国的标志，该披上盛装，

开怀欢笑，映照着她的旗帜。

你下边，黑幽幽一片，那就是英国。

愿上天赐福于你们两者！给你们

同样的希望，同样的命运和生活，

同样的荣耀！为英国，我耿耿多忧，

频频长叹——当我伴随着一群

不爱英国的异邦人，在此地羁留[191]。

上诗以赞美"黄昏星"开始，进而将"你"同英国并列，赞美祖国，由写景切入抒情。"黑幽幽一片，那就是英国"，饱含着对英国的深情，"给你们／同样的希望，同样的命运和生活，／同样的荣耀"，寄予着对英国的希望，"我耿耿多忧，／频频长叹"，深藏对英国牵挂，"当我伴随着一群／不爱英国的异邦人，在此地羁留"，流露了对不爱英国的异邦人的不满。全篇情感上层层深入，气势上一气呵成，坦诚直白，是以直书胸臆的手法表达了对天下事之关怀的。

华兹华斯在其作品中采用直书方式表达对天下事的关心是有其深刻的社会文化根源的。一般认为，中世纪（the Medieval Period）是英国乃至世界史上最为黑暗的时期，但即使在这样的时期，个人的价值还是有一定的肯定的。文艺复兴（the Renaissance）一扫中世纪的沉闷气氛，新的局面出现了。文艺复兴是 14 世纪到 16 世纪遍及欧洲许多国家的文化和思想运动，具有强烈的反封建、反教会文化的倾向，表面上它以复兴灿烂辉煌的希腊罗马古典文化为契机和形式，但实质上它是新兴的资产阶级文化的萌芽，是资产阶级的启蒙运动。文艺复兴发轫于意大利，后来扩展到法国、德国、英国、荷兰等国家。文

---

191 〔英〕华兹华斯著《华兹华斯诗歌精选》，杨德豫译，太原：北岳文艺出版社 2000
年版，第 180-181 页。

艺复兴在英国之起止较晚，通常认为始于 15 世纪后期，延续至 17 世纪中期。文艺复兴在思想上的贡献是一扫对人的压抑与束缚，人得到了空前解放，人的价值受到高度重视。莎士比亚对人进行了充分的肯定和热情的歌颂，《汉姆雷特》（*Hamlet*，1601）第二幕第二场：

> 人类是一件何等巧妙的天工！多么高贵的理性！多么广大的智能！多么匀称可爱的仪表和举止！在行动上多么像一个天使！在悟性上多么像一个天神！宇宙的精华！万物的灵长[192]！

在五幕剧《暴风雨》（*The Tempest*, 1612）最后一场（Act 5 Scene 1）中，莎士比亚借米兰达（Miranda）之口又高度赞扬了人的价值：

> 啊，多么神奇！
>
> 这里有多少美妙的人物；
>
> 人类多么美丽！奇妙的新世界啊
>
> 竟有这样美好的人[193]！

英国资产阶级革命（the English Bourgeois Revolution, 1642-1688）则更进一步解放了人、肯定了人的价值。1689 年 10 月，英国议会通过《权利法案》（*Bill of Rights*），其中就涉及到了言论自由的问题。在资产阶级价值体系中，民主、平等、自由和个性解放之思想得以彰显，个性高扬，个人主义膨胀，更谈不上压制言论、钳制思想了。虽然在世界上没有绝对的自由民主，但相对于封建主义而言，资本主义的确赋予了人以很大的自由民主，包括言论的自由。在这样的文化背景下，华兹华斯对天下事的关心完全能够通过秉笔直书的方式来加以完成。

第四，隐居世外使华兹华斯成就了隐逸的思想英雄。

一提到英雄人物，一般都喜欢把他们同积极进取相联系，认为他们仅存在于入世者之中。的确，英雄人物一般都属于积极入世者之列，外国的古阿卡德王朝开创者萨尔贡（约前 2371-前 2316）、古埃及法老图特摩斯三世（Thutmose III, 前 1525-前 1491）[194]、古以色列国王所罗门（Solomon, 约前 970-约前 930）、

---

192 转引自：何其莘著《英国戏剧史》，南京：译林出版社 2008 年版，第 88 页。

193 转引自：侯维瑞主编《英国文学通史》，上海：上海外语教育出版社 1999 年版，第 156 页。

194 图特摩斯三世：除"Thutmose III"外，亦作"Thotmes III"、"Thothmes III"与"Thutmosis III"。在位期间的重要活动是实行大规模的侵略战争，建立了埃及历史上强大的军事帝国。

波斯帝国缔造者居鲁士（约前 600-前 529）、古印度摩揭陀国孔雀王朝第三代国王阿育王（约前 273-前 232）、古雅典民主派政治家伯利克里（约前 495-前 429）、法兰克国王克洛维一世（Clovis I, 465-511）、古巴比伦第六代国王汉谟拉比（前 1792-前 1750）、波斯帝国国王大流士一世（约前 558-前 486）、古罗马终身独裁官凯尤斯·朱利叶斯·凯撒（Caius Julius Caesar, 前 100-前 44）、盖维斯·屋大维·奥古斯都（Gaius Octavius Augustus, 前 63-14）[195]、马其顿亚历山大大帝（Alexander the Great, 前 356-前 323）、罗马帝国皇帝君士坦丁一世（Constantine I, 274-337）、拜占庭帝国皇帝查士丁尼（483-565）、阿拉伯帝国缔造者穆罕默德（Muhammad, 570-632）、法兰克王国国王查理曼（Charlemagne, 742-814）[196]、神圣罗马帝国皇帝腓特烈一世（1123-1190）、法国国王路易十四（Louis XIV, 1638-1715）、法国资产阶级革命家马克西米利安·弗朗索瓦·玛丽·伊西多尔·戴·罗伯斯庇尔（Maximilien François Marie Isidore de Robespierre, 1758-1794）、法兰西第一帝国皇帝拿破仑、君士坦丁堡征服者穆罕默德二世（Mohammed II, the conqueror, 1430-1481）、英国国王伊丽莎白一世（Elizabeth I, 1533-1603）、朝鲜国王李成桂、英国共和国统治者奥利弗·克伦威尔（Oliver Cromwell, 1599-1658）、俄国沙皇彼得一世（Peter I, 1672-1725）[197]、美国总统乔治·华盛顿（George Washington, 1732-1799）、拉丁美洲解放者西蒙·玻利瓦尔（Simon Bolivar, 1783-1830）、拉丁美洲独立斗争领导人何塞·德·圣马丁（1778-1850）、美国总统亚伯拉罕·林肯（Abraham Lincoln, 1809-1865）、日本明治天皇睦仁（1852-1912）、苏联领袖弗拉基米尔·伊里奇·列宁（Vladimir Ilyich, 1870-1924）、苏联领袖约瑟夫·斯大林（Joseph Stalin, 1879-1953）、法兰西第五共和国总统查尔斯·安德烈·约瑟夫·马丽·戴高乐（Charles André Joseph Marie de Gaulle, 1890-1970）、英国首相温斯顿·丘吉尔（Sir Winston Churchill, 1874-1965）、南斯拉夫总统约瑟普·布罗兹·铁托（1892-1980）、越南民主共和国主席胡志明（1890-1969）、印度圣雄莫罕达斯·甘地（Mahatma Gandhi, 1869-1948）、印度总理贾瓦哈拉尔·尼赫鲁（1889-1964）、印度尼西亚总统苏加诺（1901-1970）、土尔其共和国总统穆斯塔法·凯末尔

---

195 奥古斯都：公元前 31 年，屋大维在希腊的阿克提昂海域击败马克·安东尼和埃及女王克娄巴特拉的舰队，实现了政令统一。公元前 27 年 1 月 16 日，罗马元老院授予他"奥古斯都"（Augustus）尊号，意为"至尊、至高无上"。

196 查理曼：世称"查理一世"（Charles I）、"查理大帝"（Charles the Great）。

197 彼得一世：以彼得大帝（Peter the gteat）闻名于世。

（1881-1938）、墨西哥总统拉萨罗·卡德纳斯（1895-1970）、巴基斯坦总统穆罕默德·阿尤布·汗（Muhammad Ayub Khan, 1907-1974），等等，都作了一番轰轰烈烈的事业，名垂青史，是公认的英雄人物。其实，还有一类属于勇敢出世者之列的英雄人物，可惜他们却被人忽视了。这类人物看不惯社会的丑陋和黑暗，既有远大的理想，又不愿同流合污，宁在直中取，不在曲中求。他们毅然放弃功名利禄的追逐，勇敢地从社会中退出来，放迹于山林田野，过着粗衣淡饭、青山白云的隐逸生活。

华兹华斯不在亚里士多德所说的大多数人之列，他所选取的是冷静的生活方式，隐居世外既不是对现实的彻底绝望，也不是对自我的简单放弃，而是对现实与自我的观照和反思。他在隐居世外之后对现实与自我进行了深刻的观照和反思，这在《序曲》中可以看得清清楚楚、明明白白。针对于华兹华斯的观照和反思能力，丁宏为在《译者序》中评论说："个人内在的革命、自我在平静中的思考、视角的转变、视野的扩展——这也是伟大的革命，这种华兹华斯式的革命真正具有积极意义，对知识分子来说尤其如此。"198

三、入世与出世的矛盾

华兹华斯虽然最终走上了隐居世外之路，但在其出世与入世之间却有一些反复的行为，充分反映出了他在出世与入世之间的矛盾心理。

华兹华斯在入世与出世间的矛盾心理集中体现在对革命态度的取舍上。他原本对法国革命寄予厚望，但是，他对外国军队入侵时法国国内的叛国活动、巴黎第二次武装起义中出现的暴力与血腥、九月大屠杀中的滥杀无辜、法国国民议会向全欧宣布的革命措施、雅各宾派对吉伦特派大量的血腥屠杀、雅各宾派对雅各宾派内部的残酷镇压、法国对欧洲其它国家进行的侵略、热月政变的屠戮等一系列残酷的现实却感到失望，他的政治理想一点点破碎了。他的恋人、法国姑娘安妮特·瓦隆（Annette Vallon）199的家是一个保王主义家庭，这对他革命信仰之动摇和政治理想之瓦解可能也起到了一些推波助澜的作用。从政治的角度看，英国浪漫主义者有两条截然不同的道路可走，一是

---

198 〔英〕威廉·华兹华斯著《序曲》，丁宏为译，北京：中国对外翻译出版公司 1999 年版，第 XVII 页。

199 Vallon: 或译"华龙"、"沃伦"，分别见：梁实秋著《英国文学史》（三），北京：新星出版社 2011 年版，第 888 页；苏文菁著《华兹华斯诗学》，北京：社会科学文献出版社 2000 年版，第 360 页。

激进主义道路，如威廉·布莱克（William Blake, 1757-1827）、乔治·戈登·拜伦（George Gordon Byron, 1788-1824）和珀西·比希·雪莱（Percy Bysshe Shelley, 1792-1822）等人所走的就是这条道路。一是保守主义道路，如柯勒律治、骚塞和瓦尔特·司各特（Walter Scott, 1771-1832）[200]所走的就是这条道路。在许多文学批评家眼中，华兹华斯是一个政治上的保守主义者。严格地说，这种看法只言中了一半。对他政治思想的定位，应采取历史和辨证的态度。在他较为年轻的时候，尤其是在雅各宾派尚未当政的法国革命期间，他在政治上是激进的。但雅各宾派上台并实行暴政之后，他在政治上开始变得保守，认为任何人为的社会运动本身到后来总是无疾病而终，至少客观效果与主观动机总是不相符的。随着年龄的增长，他在政治上更加保守，逐渐走上了保守主义的道路。隐居湖区是他在政治上由激进到保守的一个标志。总的来说，对于法国革命，他心中充满了矛盾，表现出了游离的态度。

　　1792 年 9 月 20 日，法军在瓦尔米（Valmy）战场上大败奥地利和普鲁士联军。9 月 23 日，即瓦尔米之战胜利后第三天，法兰西第一共和国宣布成立。华兹华斯在《序曲》第十卷《寄居法国——续》第 31-47 行中对新近发生的事情评论道：

> The State, as if to stamp the final seal
>
> On her security, and to the world
>
> Show what she was, a high and fearless soul,
>
> Exulting in defiance, or heart-stung
>
> By sharp resentment, or belike to taunt
>
> With spiteful gratitude the baffled League,
>
> That had stirred up her slackening faculties
>
> To a new transition, when the King was crushed,
>
> Spared not the empty throne, and in proud haste
>
> Assumed the body and venerable name
>
> Of a Republic. Lamentable crimes,
>
> 'Tis true, had gone before this hour, dire work

---

200 Scott：或译"司各德"、"司各脱"，分别见：《鲁迅全集》第一卷，北京：人民文学出版社 1981 年版，第 73 页；杜秉正《革命浪漫主义诗人拜伦的诗》，《北京大学学报》（人文科学版）1956 第 3 期，第 102 页。

Of massacre, in which the senseless sword

Was prayed to as a judge; but these were past,

Earth free from them for ever, as was thought,——

Ephemeral monsters, to be seen but once!

Things that could only show themselves and die[201].

法国并未任皇宫闲置，迅即

确立共和政体，采用其神圣的

名称，虽仓促，却也堂皇，似乎

为她的安全打上最终的印章，

或为向世界显示其精神的高贵

与无畏，能傲然欢庆胜利，或表明

强烈的愤慨已将其心灵刺痛；

或者，为泄恨而表示感激，以嘲笑

回撤的联军，是他们在国王被废后，

重新激励她那弛懈的机能，

使其越迁新境。当然，这之前

也发生了可悲可叹的暴虐——大屠杀的

恐怖之作，其间人们竟邀利刃

为判官，求助于它的无理性。好在

已是往事，人间永不再流血——

当时确有此念；短命的妖魔，

不会重现，不过是瞬间即逝之物[202]。

华兹华斯在上引诗行中流露出的心情是复杂的，也是矛盾的：第一，他对法兰西第一共和国的诞生表示欣慰和欢呼。第二，他对"九月大屠杀"这样的事件感到可悲、可叹、可怕。第三，他心中还带着希望，愿革命中像大屠杀这样的流血事件永不再出现。类似的复杂和矛盾的心情在他诗歌中的其它地方还有所流露，《序曲》第十卷《寄居法国——续》第146-153行：

---

201 *The Collected Poetry of William Wordsworth*, Ware: Wordsworth Editions Limited, 1994, pp.718-719.

202 〔英〕威廉·华兹华斯著《序曲》，丁宏为译，北京：中国对外翻译出版公司 1999 年版，第 261 页。

Yet did I grieve, nor only grieved, but thought

Of opposition and of remedies:

An insignificant stranger and obscure,

And one, moreover, little graced with power

Of eloquence even in my native speech,

And all unfit for tumult or intrigue,

Yet would I at this time with willing heart

Have undertaken for a cause so great[203]

然而，我确感悲哀，悲哀之余

也想过对策与药方。虽然我是个

无人知晓的异国游子，且又

不善言谈——即使使用本国

语言；虽然很不适应这里的

骚乱与阴谋，但是在那个年代，

我心甘情愿尽职于如此伟大的

事业，无论面对何种危险[204]。

　　1792 年 12 月，他带着这种复杂和矛盾的心情从法国返回英国。然而，他感到更多的还是恐怖，《序曲》第十卷《寄居法国——续》第 70-75 行：

With unextinguished taper I kept watch,

Reading at intervals; the fear gone by

Pressed on me almost like a fear to come.

I thought of those September massacres,

Divided from me by one little month,

Saw them and touched: the rest was conjured up[205]

……伴着残烛度过

警醒的夜晚，时而捧读书籍；

203 *The Collected Poetry of William Wordsworth*, Ware: Wordsworth Editions Limited, 1994, p.720.

204 〔英〕威廉・华兹华斯著《序曲》，丁宏为译，北京：中国对外翻译出版公司 1999 年版，第 265 页。

205 *The Collected Poetry of William Wordsworth*, Ware: Wordsworth Editions Limited, 1994, p.719.

> 过去的恐怖纠缠着我，就像它将要
>
> 发生。我想到九月的屠杀，仅仅
>
> 一个月之前的事，就在我眼前，似能
>
> 被我触知[206]。

"九月大屠杀"（September massacres）这样的字眼不止一次在其诗歌中出现，足见法国大革命给华兹华斯带来了令人胆战心寒的、巨大的心理冲击。他此番自法返英是其政治思想上的重要转折点，但这并不等同于他对政治信仰的彻底摒弃。实际上，他回国后仍然对革命抱有一些信心。1792 至 1793 年他又到法国游历，成了一名坚决的共和主义者，表现出了对革命情犹未了的倾向。随着法国革命的发展，英国国内也出现了白色恐怖的气氛，很多共和主义者都公开放弃了自己的政治主张，现出了变节嘴脸。但华兹华斯生来酷爱自由，他仍然关心政治，对革命抱有信心。他拥护政治学家、自由思想家威廉·戈德温（William Godwin, 1756-1826）[207]关于"普遍意志"的学说，并和戈德温小组发生了密切联系。他成了戈德温的信徒，两人常常谈论到深更半夜。除戈德温外，他还同福赛特、普里斯特利、图克、泰洛等其它著名的激进分子交往，并研究他们的著作，如饥似渴地阅读如潘恩《人的权利》这样思想激进的著作。1793 年初，他写了《一个共和派致兰道夫主教的信》（"A Letter to the Bishop of Landoff on the Extraordinary Avowal of His Political Principles Contained in the Appendix to His Late Sermon——By A Republican"），驳斥了这位主教责难革命的谬论，明确表示了自己反对专制主义、拥护法国革命的立场。

华兹华斯对法国革命的矛盾心理也可从他对罗伯斯庇尔及其家乡阿拉斯城的态度变化中看出来，《序曲》第十卷《寄居法国——续》第 493-510 行：

> That eventide, when under windows bright
>
> With happy faces and with garlands hung,
>
> And through a rainbow-arch that spanned the street,
>
> Triumphal pomp for liberty confirmed,
>
> I paced, a dear companion at my side,

---

206 〔英〕威廉·华兹华斯著《序曲》，丁宏为译，北京：中国对外翻译出版公司 1999 年版，第 262-263 页。

207 Godwin: 或译"戈德文"，详见：《鲁迅全集》第一卷，北京：人民文学出版社 1981 年版，第 83 页。

The town of Arras, whence with promise high

Issued, on delegation to sustain

Humanity and right, that Robespierre

He who thereafter, and in how short time!

Wielded the sceptre of the Atheist crew.

When the calamity spread far and wide,

And this same city, that did then appear

To outrun the rest in exultation, groaned

Under the vengeance of her cruel son,

As Lear reproached the winds-I could almost

Have quarrelled with that blameless spectacle

For lingering yet an image in my mind

To mock me under such a strange reverse[208].

那个黄昏的画面尤其鲜明：

当时，我与一位亲密的伙伴

漫步在阿拉斯城的街道，愉快的笑脸

与花环点缀着两侧的窗子，一道

如虹的弧拱横跨街上，是献给

自由的凯旋门——坚固的装饰。罗伯斯庇尔

就是从此城走出，壮志满怀，

作为代表去维护人性与权利。

就是他，转眼间大权在握，统领

一帮亵渎神明的狂徒！很快，

灾难开始四处蔓延；这个

城市本来最为得意，此时

却不能承受它的儿子的残酷

报复，不断呻吟，如李尔王责问着

天风。看到这些，我真想当面

责备那本无过错的黄昏，是它

208 *The Collected Poetry of William Wordsworth*, Ware: Wordsworth Editions Limited, 1994, p.725.

在嘲弄我，因为在如此不可思议的

逆运中，那图画仍在我心中滞留[209]。

对于法国革命中出现的一系列暴力与血腥，华兹华斯体味到了深切的悲哀，不知道该以何种面目维持对人类的爱。《序曲》第二卷《学童时代（续）》（"Book II School-time 〈Continued〉"）第 432-440 行：

…if in these times of fear

This melancholy waste of hopes o'erthrown,

If, 'mid indifference and apathy,

And wicked exultation when good men

On every side fall off, we know not how,

To selfishness, disguised in gentle names

Of peace and quiet and domestic love,

Yet mingled not unwillingly with sneers

On visionary minds;[210]…

……在这恐怖的年月，

希望的田野化做苍凉的荒原

周围弥漫着麻木与冷漠，还有

恶意的笑声，不知何故，各派中的

正人君子纷纷堕落，变得

自私自利，却美其名曰追求

安静祥和或天伦之乐，还并非

无意地冷嘲热讽那些幻梦

尚存的魂魄[211]。

这里，他除了对暴力与血腥感到深切的悲哀外，还对它进行了无情的揭露和强烈的谴责。他在《序曲》第十卷《寄居法国——续》第 511-514 行中表达了对罗伯斯庇尔及其追随者的看法：

---

209 〔英〕威廉·华兹华斯著《序曲》，丁宏为译，北京：中国对外翻译出版公司 1999 年版，第 278-279 页。

210 *The Collected Poetry of William Wordsworth*, Ware: Wordsworth Editions Limited, 1994, p.648.

211 〔英〕威廉·华兹华斯著《序曲》，丁宏为译，北京：中国对外翻译出版公司 1999 年版，第 47 页。

O friend! Few happier moments have beem mine

Than that which told the downfall of this Bribe

So dreaded, so abhorred. The day deserves

A separate record[212].

啊，朋友！要说我生命中的幸福

时光，很少能比得上得知他们

灭亡的那一天——多么可怕、可恶的

团伙。该专门记下那个时刻[213]。

尽管华兹华斯对以罗伯斯庇尔为首的雅各宾派表示反感和反对，但是当 1793 年第一次反法联盟形成之际，他仍然站在法国一边。《序曲》第十卷《寄居法国——续》第 390-393 行：

Meanwhile the Invaders fared as they deserved:

The Herculean Commonwealth had put forth her arms,

And throttled with an infant godhead's might

The snakes about her cradle;[214]…

入侵者得到应有的下场：共和国

如赫尔克里斯，伸出他的手臂，

以幼小神灵的力量，扼死摇篮上的

毒蛇[215]。

这是针对法军在战场上取得的胜利而发的。赫尔克里斯（Heracles）[216]是希腊神话中的人物，是众神之主宙斯和凡人所生。宙斯之妻赫出于妒忌而派两条毒蛇去杀死婴儿赫尔克里斯，结果毒蛇反而被赫尔克里斯扼杀。赫尔克里斯是初生的法兰西第一共和国之喻，毒蛇是第一次反法联盟之喻，华兹华斯通过这些比喻传达出了自己对法国革命的同情和支持。

---

212 *The Collected Poetry of William Wordsworth*, Ware: Wordsworth Editions Limited, 1994, p.725.

213 〔英〕威廉·华兹华斯著《序曲》，丁宏为译，北京：中国对外翻译出版公司 1999 年版，第 279 页。

214 *The Collected Poetry of William Wordsworth*, Ware: Wordsworth Editions Limited, 1994, p.724.

215 〔英〕威廉·华兹华斯著《序曲》，丁宏为译，北京：中国对外翻译出版公司 1999 年版，第 274 页。

216 Heracles: 或译"赫剌克勒斯"。

1794 年，罗伯斯庇尔团伙覆灭，90 余人被处死，恐怖时期就此结束，华兹华斯紧绷着的神经松弛下来了，且看《序曲》第十卷《寄居法国——续》第570-581 行：

> And cheerful, but the foremost of the band
> As he approached, no salutation given
> In the familiar language of the day,
> Cried, "Robespierre is dead!"——nor was a doubt,
> After strict question, left within my mind
> That he and his supporters all were fallen.
>
> Great was my transport, deep my gratitude
> To everlasting Justice, by this fiat
> Made manifest. "Come now, ye golden times,"
> Said I forth-pouring on those open sands
> A hymn of triumph: "as the morning comes
> From out the bosom of the night, come ye:[217]

> ……他们最前面的一个人
> 向我走来，招呼未打，直接
> 以当时人们常用的语句喊到：
> "罗伯斯庇尔死了！"——经过一番
> 追问，我心中已无半点疑团：
> 他与他的追随者已全部倒台。
>
> 我欣喜若狂，深深地感激万世
> 永生的正义女神，刚才的宣告
> 证明了她的存在。"金色的时代，
> 该你们到来，"我向着空旷的平沙
> 尽情地吟咏胜利的赞歌："来吧，
> 就像黎明走出黑暗的怀抱。"[218]

217 *The Collected Poetry of William Wordsworth*, Ware: Wordsworth Editions Limited, 1994, p.726.
218 〔英〕威廉·华兹华斯著《序曲》，丁宏为译，北京：中国对外翻译出版公司 1999 年版，第 281 页。

从"罗伯斯庇尔死了"（Robespierre is dead）、"全部倒台"（all were fallen）、"万世永生的正义女神"（everlasting Justice）、"欣喜若狂"（cheerful）、"深深地感激"（deep my gratitude）、"金色的时代"（golden times）、"尽情地吟咏"（forth-pouring）、"胜利的赞歌"（hymn of triumph）等措辞来看，随着罗伯斯庇尔集团的覆灭，华兹华斯高悬着的心放下来了，他不仅感到高兴，而且觉得幸福，甚至充满激动。

1790 年，法国在宪法中明文规定，要杜绝侵略战争。但到了 1794 年，它的侵略军已远征到了西班牙、意大利、德国、荷兰等国境内。法国对欧洲其它国家进行的侵略战争充分暴露了一个无情的事实："它对帝国的梦想已经吞噬了它对自由的渴望。"[219]华兹华斯认为，"高卢雄鸡已经走上了查理大帝的道路"[220]，故颇感失望。1806 年，小皮特死去。随后，拿破仑在欧洲大陆所向无不披靡。他建立起辽阔的大帝国，各国君主对他惶惶称臣。《序曲》第十一卷《法国——续完》第 206-210 行：

> But now, become oppressors in their turn,
> Frenchmen had changed a war of self-defence
> For one of conquest, losing sight of all
> Which they had struggled for: up mounted now,
> Openly in the eye of earth and heaven,[221]
> …

> ……法国人自己成为压迫者，
> 将自卫的战争变成侵略的远征，
> 全然不顾他们为之奋斗的
> 一切，竟在光天化日之下，爬上
> 自由的天平[222]。

在一边是对霸权的欲望、一边是对自由的热爱之天平上，对霸权的欲望已

---

219 *A Course Book of English Literature* (II), compiled by Zhang Boxiang, Ma Jianjun, Wuchang: Wuhan University Press, 1998, p.162.

220 阎照祥著《英国史》，北京：人民出版社 2003 年版，第 282 页。

221 *The Collected Poetry of William Wordsworth*, Ware: Wordsworth Editions Limited, 1994, p.730.

222 〔英〕威廉・华兹华斯著《序曲》，丁宏为译，北京：中国对外翻译出版公司 1999 年版，第 296-297 页。

明显重于对自由的热爱。华兹华斯对此感到困惑不解，失望之情在上引诗行中抖露无遗。《序曲》第十一卷《法国——续完》第 382-391 行[223]：

> When the great voice was heard from out the tombs
>
> Of ancient heroes. If I suffered grief
>
> For ill-requited France, by many deemed
>
> A trifler only in her proudest day;
>
> Have been distressed to think of what she once
>
> Promised, now is; a far more sober cause
>
> Thine eyes must see of sorrow in a land,
>
> To the reanimating influence lost
>
> Of memory, to virtue lost and hope,
>
> Though with the wreck of a loftier years bestrewn[224].

> 当古代英烈墓中的声音汇成
>
> 那宏巨的轰鸣，他们——在世上所有
>
> 活着的人中——本该最先觉醒。
>
> 且说我为不得善报的法兰西
>
> 而悲伤——尽管在她最自豪之时，
>
> 许多人都认为她只知轻浮，喧闹；
>
> 虽说想到她最初的许诺及今日的
>
> 状况，我曾痛苦，但是，在那片
>
> 土地上，你一定看到使人痛心的
>
> 更实在的因由。虽到处是盛世的遗迹，
>
> 可他们已尽失记忆，再不能使心灵
>
> 复苏，也无任何美德或希求[225]。

---

223 英语原诗版本标识为第 382-391 行，汉语译诗版本标识为第 379-390 行，分别见：*The Collected Poetry of William Wordsworth*, Ware: Wordsworth Editions Limited, 1994, p.733；〔英〕威廉·华兹华斯著《序曲》，丁宏为译，北京：中国对外翻译出版公司 1999 年版，第 303 页。这里按照英语原诗版本加以标识。

224 *The Collected Poetry of William Wordsworth*, Ware: Wordsworth Editions Limited, 1994, p.733.

225 〔英〕威廉·华兹华斯著《序曲》，丁宏为译，北京：中国对外翻译出版公司 1999 年版，第 303 页。

　　大卫·柯灵斯（David Collings）评论说，华兹华斯"对一些文化风潮，譬如启蒙运动和英法之间的战争状态尤其是法国革命，有着深度的忧虑"[226]。

　　华兹华斯对法国革命既震惊又害怕，几个月甚至几年以来仍然惊魂未定，白天神情沮丧，晚上不能成眠，有时还恶梦缠扰，《序曲》第十卷《寄居法国——续》第398-415行：

> Were my day-thoughts,——my nights were miserable;
> Through months, through years, long after the last beat
> Of those atrocities, the hour of sleep
> To me came rarely charged with natural gifts,
> Such ghastly visions had I of despair
> And tyranny, and implements of death;
> And innocent victims sinking under fear,
> And momentary hope, and worn-out prayer,
> Each in his separate cell, or penned in crowds
> For sacrifice, and struggling with fond mirth
> And levity in dungeons, where the dust
> Was laid with tears. Then suddenly the scene
> Changed, and the unbroken dream entangled me
> In long orations, which I strove to plead
> Before unjust tribunals,——with a voice
> Labouring, a brain confounded, and a sense,
> Death-like, of treacherous desertion, felt
> In the last place of refuge——my own soul[227].

> 那时，白天有最忧郁的思绪不停地
> 纠缠，夜里更要经受折磨：
> 虽然暴行的最后一次脉动
> 已响过很久，但连续数月、数年内，
> 我入眠时很少踏实地享受自然的

---

226 David Collings, *Wordsworthian Errancies*, Baltimore: The Johns Hopkins University Press, 1994, p.1.

227 *The Collected Poetry of William Wordsworth*, Ware: Wordsworth Editions Limited, 1994, p.724.

馈赠，因为眼前是恐怖的景象：

绝望、专制、死神的刑具；看见

无辜的受害者，有的被恐惧压垮，

有的抱着短暂的希望，也有人

没完没了地祈祷，都关在各自的

牢房，或挤在一起，将赴刑场，

还强做欢笑与轻松，而泪水已浸湿了

监狱的灰土。景象突然变化，

持续的迷梦又将我卷入另一个

场面：面对不公的法官，我不停地

争辩——声音沙哑，思绪如麻，

一种被抛弃的感觉，如致命的伤害，

击中最后的避难所——我的灵魂[228]！

  法国革命本是要废君主专制的，但 1804 年 12 月 2 日，拿破仑加冕称帝，君主专制复辟了。白璧德分析说："刚开始法国大革命是一场伟大的感情方面的国际运动，结尾却是帝国主义和拿破仑·波拿巴。"[229]华兹华斯对此感到非常失望，《序曲》第十一卷《法国——续完》第 358-369 行：

And nothing less), when, finally to close

And seal up all the gains of France, a Pope

Is summoned in, to crown an Emperor——

This last opprobrium, when we see a people,

That once looked up in faith, as if to Heaven

For manna, take a lesson from the dog

Returning to his vomit; when the sun

That rose in splendour, was alive, and moved

In exultation with a living pomp

Of clouds——his glory's natural retinue——

Hath dropped all functions by the gods bestowed,

---

228 〔英〕威廉·华兹华斯著《序曲》，丁宏为译，北京：中国对外翻译出版公司 1999 年版，第 275 页。

229 〔美〕欧文·白璧德著《卢梭与浪漫主义》，孙宜学译，石家庄：河北教育出版社 2003 年版，第 207 页。

And, turned into a gewgaw, a machine,[230]

...

为最终结清和确认法兰西的收益，

他们请来教皇，为一个皇帝

加冕。这件事是个耻辱——因为

我们曾见那民族在诚信中仰望，

似期盼上天赋予精神的食粮，

此时却学着犬类的样子，竟又食

呕吐的东西，——因为那太阳在彩霞中

升起，生机勃勃，壮丽的云景

是其天然的侍从，伴他欣然

移游，而此刻他尽失神赐的功能，

变成一件摆设或道具，如剧院中

悬挂的影像，一头栽落[231]。

华兹华斯在《抒情歌谣集》中，也依然流露出了革命的倾向。他在《早春命笔》（"Lines Written in Early Spring"）中说，天地中的万物互相爱护、各得其乐，天地是仁慈的，宇宙是和谐的，自以为文明的人类却每每与之相反。他们对物残酷，对人也残酷，人类是残酷的。这首诗歌作于 1798 年，距攻占巴士底狱不过十年，革命队伍里已出现分裂与互斗，但他还在诗中流露了巨大的失落情绪。《早春命笔》第 2 节：

To her fair works did Nature link

The human soul that through me ran;

And much it grieved my heart to think

What man has made of man[232].

内在的性灵，由造化引导，

与外在的景物互通声气；

---

230 *The Collected Poetry of William Wordsworth*, Ware: Wordsworth Editions Limited, 1994, p.732.

231 〔英〕威廉·华兹华斯著《序曲》，丁宏为译，北京：中国对外翻译出版公司 1999 年版，第 302 页。

232 *The Collected Poetry of William Wordsworth*, Ware: Wordsworth Editions Limited, 1994, p.482.

> 我不禁悲从中来，想到
>
> 人怎样作践自己[233]。

这种情绪在诗作的第 6 节亦即末节进一步强化，悲凉之气更凝重了：

> If this belief from heaven be sent,
>
> If such be Nature's holy plan,
>
> Have I not reason to lament
>
> What man has made of man[234]?
>
> 倘若这信念得自上天，
>
> 倘若这原是造化的旨意，
>
> 我岂不更有理由悲叹
>
> 人这样作践自己[235]！

他在《在天晴浪静的一天》（"September, 1802, Near Dover"）[236]中收笔处写道：

> Spake laws to them, and said that by the soul
>
> Only, the Nations shall be great and free[237].
>
> 凭灵魂的力量
>
> 各民族将有伟大自由的前程[238]。

他在《琼斯，当时肩并肩，咱们俩》（"Composed Near Calais, on the Road leading to Ardres, August 7, 1802"）[239]中写道：

---

233 〔英〕华兹华斯著《华兹华斯诗歌精选》，杨德豫译，太原：北岳文艺出版社 2000 年版，第 216 页。

234 *The Collected Poetry of William Wordsworth*, Ware: Wordsworth Editions Limited, 1994, p.482.

235 〔英〕华兹华斯著《华兹华斯诗歌精选》，杨德豫译，太原：北岳文艺出版社 2000 年版，第 217 页。

236 疑原诗标题当系 "September, 1802, Near Dover"，详见：*The Collected Poetry of William Wordsworth*, Ware: Wordsworth Editions Limited, 1994, p.306. 译诗取首句 "在天晴浪静的一天" 为标题，详见：〔英〕华兹华斯著《华兹华斯抒情诗选》，谢耀文译，南京：译林出版社 1991 年版，第 197 页。译诗所据何本，不详。本文此处所引标题，原诗、译诗各有所本，故两不相符。

237 *The Collected Poetry of William Wordsworth*, Ware: Wordsworth Editions Limited, 1994, p.306.

238 〔英〕华兹华斯著《华兹华斯抒情诗选》，谢耀文译，南京：译林出版社 1991 年版，第 197 页。

239 疑原诗标题当系 "Composed Near Calais, on the Road Leading to Ardres, August 7,

ONES! as from Calais southward you and I

Went pacing side by side, this public Way

Streamed with the pomp of a too-credulous day,

When faith was pledged to new-born Liberty:

A homeless sound of joy was in the sky:

From hour to hour the antiquated Earth

Beat like the heart of Man: songs, garlands, mirth,

Banners, and happy faces, far and nigh!

And now, sole register that these things were,

Two solitary greetings have I heard,

"Good-morrow, Citizen!" a hollow word,

As if a dead man spake it! Yet despair

Touches me not, though pensive as a bird

Whose vernal coverts winter hath laid bare[240].

琼斯，当时肩并肩，咱们俩

从加莱市向南走在这大路上

路上是个"轻信日子"的盛况；

人们都保证忠于自由，

欢乐之声在天空回荡：

古老大地激动得像人的心脏，

远近都是歌声、花冠和嬉笑，

还有许多旗帜和快乐的脸庞。

今天这些往事只残留

两声孤寂凄清的问候：

"公民，您早！"一个空洞的

字句仿佛发自死人的咽喉。

1802"，详见：*The Collected Poetry of William Wordsworth*, Ware: Wordsworth Editions Limited, 1994, p.304. 译诗取首句"琼斯，当时肩并肩，咱们俩"为标题，详见：〔英〕华兹华斯著《华兹华斯抒情诗选》，谢耀文译，南京：译林出版社 1991 年版，第 189 页。译诗所据何本，不详。本文此处所引标题，原诗、译诗各有所本，故两不相符。

240 *The Collected Poetry of William Wordsworth*, Ware: Wordsworth Editions Limited, 1994, p.304.

> 我并不绝望，虽像只小鸟般忧伤——
>
> 严冬使她的家失去葱茏的屏障[241]。

  这首诗歌作于 1802 年 8 月，全诗意有三层，动态地反映了华兹华斯对法国革命的态度：其一，革命爆发之初，古老大地盛况空前，同其它很多人一样，他满怀激情乃至误入"轻信"。其二，革命急剧发展，现实冷酷无情，他感到理想幻灭，心中"像只小鸟般忧伤"。其三，革命继续发展，头脑渐趋冷静，他虽然感到失望，但"并不绝望"。1827 年，他在《无题：楞诺斯荒岛上，他僵卧着，寂然不动》（"When Philoctetes in the Lemnian Isle"）中写道：

> WHEN Philoctetes in the Lemnian isle
>
> Like a Form sculptured on a monument
>
> Lay couched; on him or his dread bow unbent
>
> Some wild Bird oft might settle and beguile
>
> The rigid features of a transient smile,
>
> Disperse the tear, or to the sigh give vent,
>
> Slackening the pains of ruthless banishment
>
> From his loved home, and from heroic toil.
>
> And trust that spiritual Creatures round us move,
>
> Griefs to allay which Reason cannot heal;
>
> Yea, veriest reptiles have sufficed to prove
>
> To fettered wretchedness, that no Bastile
>
> Is deep enough to exclude the light of love,
>
> Though man for brother man has ceased to feel[242].

> 在囚徒看来，小小爬虫的出现
>
> 也足以证明：巴士底监狱再深，
>
> 也阻挡不了爱的光辉——尽管
>
> 人对自己的同类已毫无情分[243]。

---

241 〔英〕华兹华斯著《华兹华斯抒情诗选》，谢耀文译，南京：译林出版社 1991 年版，第 189 页。

242 *The Collected Poetry of William Wordsworth*, Ware: Wordsworth Editions Limited, 1994, p.273.

243 〔英〕华兹华斯著《华兹华斯诗歌精选》，杨德豫译，太原：北岳文艺出版社 2000 年版，第 151-152 页。

上引诗句表明，他对法国革命理想之一的博爱说仍持肯定态度，同时对革命所体现出的理性主义表示怀疑。

华兹华斯在隐居湖区之后，革命的热情有所减退，但他仍然保持着正义感，对每况愈下的社会风尚进行讽嘲，对人民争取自由的斗争寄以深切的同情，对其它民族的解放运动密切关[244]。这在《寄都生》（"To Toussaint L'Ouverture,1803"）、《作于加莱附近海滨》（"Composed by the Seaside Near Calais, August, 1802"）、《献给肯特的士兵》（"To the Men of Kent"）、《一个英国人有感于瑞士的屈服》（"On the Final Submission of the Tyrolese"）、《为威尼斯共和国覆亡而作》（"On the Extinction of the Venetian Republic, 1802-1807"）和《伦敦，1802》（"London, 1802"）等诗篇中都有明显反映。《伦敦，1802》：

> Milton! thou shouldst be living at this hour:
> England hath need of thee: she is a fen
> Of stagnant waters: altar, sword, and pen,
> Fireside, the heroic wealth of hall and bower,
> Have forfeited their ancient English dower
> Of inward happiness. We are selfish men;
> Oh! raise us up, return to us again;
> And give us manners, virtue, freedom, power.
> Thy soul was like a Star, and dwelt apart:
> Thou hadst a voice whose sound was like the sea:
> Pure as the naked heavens, majestic, free,
> So didst thou travel on life's common way,
> In cheerful godliness; and yet thy heart
> The lowliest duties on herself did lay[245].

> 弥尔顿！今天，你应该活在世上：
> 英国需要你！她成了死水污池：

---

244 牛庸懋、蒋连杰主编《十九世纪英国文学》，郑州：黄河文艺出版社1986年版，第18页。

245 *The Collected Poetry of William Wordsworth*, Ware: Wordsworth Editions Limited, 1994, p.307.

教会，弄笔的文人，仗剑的武士，

千家万户，豪门的绣阁华堂，

断送了内心的安恬——古老的风尚；

世风日下，我们都汲汲营私；

哦！回来吧，快来把我们扶持，

给我们良风，美德，自由，力量！

你的灵魂像孤光自照的星辰；

你的声音像壮阔雄浑的大海；

纯净如无云的天宇，雍容，自在，

你在人生的寻常路途上行进，

怀着愉悦的虔诚；你的心也肯

把最为底下的职责引为己任[246]。

　　该诗创作于 1802 年，距他从法国回来已将近十年。他在此歌颂热爱自由的约翰·弥尔顿（John Milton, 1608-1674），同时对英国现状表示不满，可见他对法国革命的理想还未完全放弃。实际上，自 19 世纪初期始，他在政治和宗教上愈加小心谨慎、保守固执，愈加残酷无情地反对任何改革方案，反对一切剧烈的变化，他《无题》（1838 年作）中写道，"剧变都危险，一切机会都不可靠"[247]。经过痛苦的反思，他从新确立了对人类历史发展的乐观认识，但他已不再强调政治性的风潮与革命，而是着重强调人内在的革命，即通过文字的耕耘而帮助人类获取灵魂的解放。《序曲》第十四卷《结尾》（"Book XIV-Conclusion"）第 442-446 行：

(Should Providence such grace to us vouchsafe)

Of their deliverance, surely yet to come.

Prophets of Nature, we to them will speak

A lasting inspiration, sanctified

By reason, blest by faith: what we have loved,[248]

…

---

246 〔英〕华兹华斯著《华兹华斯抒情诗选》，杨德豫译，长沙：湖南文艺出版社 1996 年版，第 199 页。

247 王佐良著《英国浪漫主义诗歌史》，北京：人民文学出版社 1991 年版，第 74 页。

248 *The Collected Poetry of William Wordsworth*, Ware: Wordsworth Editions Limited, 1994, p.752.

> ……只要我俩今生
>
> 来得及以同样的信念，帮人类产生
>
> 更坚定的信仰，能协力耕耘（若上帝
>
> 赐予我们我们如此重任），为了
>
> 他们终将获得解放[249]。

这是他对塞缪尔·泰勒·柯尔律治（Samuel Taylor Coleridge, 1772-1834）[250]说的话。不可否认的是，在晚年，他的政治思想是十分保守的，用有的批评家的话说，就是成了保守党人。《吟故将军法斯特》（"Upon the Late General Fast, March, 1832"）末5行：

> Chastised by self-abasement more profound,
>
> This People, once so happy, so renowned
>
> For liberty, would seek from God defense
>
> Against far heavier ill, the pestilence
>
> Of revolution, impiously unbound[251]!

> 这一国人民曾经快乐，以自由闻名，
>
> 由于巨大的自我堕落受到惩罚之后，
>
> 回头乞求上帝的保佑，使他们
>
> 不遭受更大的祸害，不染上
>
> 已在恶毒地播散的革命瘟疫[252]！

这首诗作写于1832年3月，探讨的主题是自由与革命。华兹华斯认为自由和革命是两回事，自由是好的，应予以保护，革命则是坏的，当加以反对。他对革命态度的这种变化受到了拜伦、罗伯特·布朗宁（Robert Browning, 1812-1889）、雪莱等诗人的责备与批评。拜伦在《唐璜》献词第6节自注中毫不留情地挖苦他为"变节者"[253]。自由党人布朗宁在《迷途的领袖》（"The Lost

---

249 〔英〕威廉·华兹华斯著《序曲》，丁宏为译，北京：中国对外翻译出版公司1999年版，第361页。

250 Coleridge：或译"科律芝"，详见：梁实秋著《英国文学史》（三），北京：新星出版社2011年版，第919页。

251 *The Collected Poetry of William Wordsworth*, Ware: Wordsworth Editions Limited, 1994, p.513.

252 王佐良著《英国浪漫主义诗歌史》，北京：人民文学出版社1991年版，第73-74页。

253 王佐良著《英国浪漫主义诗歌史》，北京：人民文学出版社1991年版，第74页。

Leader"）²⁵⁴中直截了当地讽刺他：

> 我们曾经那么爱他，追随他，敬重他；
>
> 生活在他神采飞扬的温和眼神下，
>
> 学习他伟大的语言，捕捉他明快的节奏，
>
> 该怎么生，该怎么死，全把他当作榜样！
>
> 莎翁是我们的，弥尔顿在我们这边，
>
> 还有彭斯，雪莱，都在瞧着——从坟墓里
>
> 就他一个，背弃了自由人的先锋队，
>
> 就他一个，掉在了后面，沉沦为奴隶²⁵⁵！

华兹华斯在《漫游》中塑造了一个失败的革命家的形象，宣扬社会应该恢复传统习俗。1814 年，雪莱从法国回到英国，在阅读了华兹华斯的《漫游》后感到很失望，认为是对法国革命的可耻的背叛。雪莱的夫人玛丽·雪莱在日记中说，雪莱阅读《漫游》后非常失望，认为华兹华斯"是个奴隶"²⁵⁶。雪莱在《给华兹华斯》（1816 年）中不胜惋惜地感叹他：

> 你曾象一颗孤独的星，把光明
>
> 照到冬夜浪涛中脆弱的小船，
>
> 又好似石筑的避难的良港
>
> 屹立在盲目挣扎的人群之上；
>
> 在可敬的贫困中，你构制了
>
> 献与自由、献与真理的歌唱——
>
> 但你竟舍弃了它，我不禁哀悼
>
> 过去你如彼，而今天竟是这样²⁵⁷。

19 世纪 30 年代正是英国国内剧烈动荡的时期，华兹华斯对革命采取的态度是既不完全否定，也不彻底肯定。他在对法国革命的理想破灭后虽然放

---

254 "The Lost Leader"：或译"《失去的领导者》"，详见：R.布朗宁《失去的领导者》，屠岸译，〔美〕弗·特·帕尔格雷夫原编，罗义蕴、曹明伦、陈朴编注，《英诗金库》，成都：四川人民出版社 1989 年版，第 906 页。

255 王佐良著《英国诗史》，南京：译林出版社 1997 年版，第 362-363 页。

256 〔英〕玛里琳·巴特勒《浪漫派、叛逆者及反动派——1790-1830 年间的英国文学及其背景》，黄梅、陆建德译，沈阳：辽宁教育出版社 1998 年版，第 219 页。

257 〔英〕雪莱著《雪莱抒情诗选》，查良铮译，北京：人民文学出版社 1958 年版，第 30 页。

弃了革命手段并隐居在湖畔，但他的心并未完全忘却外面的世界，在入世和出世方面体现出了一定的游离特性。在英国文学史上，他并非唯一一个在入世和出世上体现出游离性的诗人，早在他之前便有弥尔顿了。在二十九岁的时候，弥尔顿便在入世还是隐居的问题上无所适从，矛盾重重，其诗作《利西达斯》（"Lycidas", 1637）可以为证。与之相似的是，一方面，华兹华斯对法国革命已深感失望，心灰意冷后才隐居湖畔，没有也不可能再象革命初期那样热情洋溢地歌颂、支持革命。另一方面，他虽然身在湖畔，但"危机并未完全消除"[258]，对革命"也并未忘却"[259]，而是在时刻进行反思，对革命的理想未作全盘否认。王佐良甚至认为："在英国写十四行诗的人当中，弥尔顿和华兹华斯以及更后的一些诗人，包括20世纪的叶芝和奥登，构成了一个豪放派的传统。"[260]

华兹华斯在入世与出世之间的游离心理，反映了人类面临人生道路的抉择而惶然不知所措之普遍心理。入世与出世是摆在以社会为背景的以个体身份出现的人的面前的两条道路，这是对人生道路非此即彼的抉择，这种抉择有时是很艰难的。在弗罗斯特《未走之路》（"The Road Not Taken"）[261]：

Two roads diverged in a yellow wood,

And sorry I could not travel both

And be one traveler, long I stood

And looked down one as far as I could

To where it bent in the undergrowth[262];

金色的树林中有两条岔路，

可惜我不能沿着两条路行走；

我久久地站在那分岔的地方，

极目眺望其中一条路的尽头，

258 王佐良著《英国浪漫主义诗歌史》，北京：人民文学出版社1991年版，第50页。

259 王佐良著《英国浪漫主义诗歌史》，北京：人民文学出版社1991年版，第50页。

260 王佐良著《英国诗史》，南京：译林出版社1997年版，第164页。

261 "The Road Not Taken"：或译"《一条未走的路》"。详见：〔美〕埃默里·埃利奥特主编《哥伦比亚美国文学史》，朱通伯、李毅、肖安浦、敖凡、袁德成、曾令富译，成都：四川辞书出版社1994年版，第787页。

262 *The Poetry of Robert Frost*, edited by Edward Connery Lathem, New York: Henry Holt and Company, 1979, p.105.

　　　　直到它转弯，消失在树林深处[263]。

　　在一个秋天的清晨，诗中人面对金黄的树林中岔开的两条道路，何去何从，难于决断。显然，诗中岔路这一意象并非指示普通意义上的道路，而是具有人生道路这一特定象征意义。在清新的写景和朴素的诗句后面，是诗人对人生的思索和叹息："这里没有是非、正误的矛盾，有的只是我未能走另一条路的惋惜：当初只有一步的差异，许多年后，结果却已相差千里了。"[264]

　　华兹华斯走过了由入世到出世、又由出世到入世、再由入世到出世的道路，在入世与出世的决择间出现过矛盾心理，最终比较坚定地踏上了出世之道，形成了英国文学史上一道独特的风景线。

263〔美〕弗罗斯特著《弗罗斯特作品集》第 1 册，曹明伦译，北京：人民文学出版
　　社 2019 年版，第 133 页。
264 飞白主编《世界名诗鉴赏辞典》，桂林：漓江出版社 1989 年版，第 652 页。

威廉·华兹华斯的富贵贫贱观探索

威廉·华兹华斯（William Wordsworth, 1770-1850）长期隐居，对世人趋之若鹜的尘俗生活基本上持否定态度，这是其与众不同的富贵贫贱观决定了的。那么，他的富贵贫贱观是什么呢？本文将就此作一个简单的探索。

一、贫贱生活

从社会学的角度来看，人同其他所有动物有着本质的区别，一般不会仅停留在物质的初浅需求层面，而是要上升到更高的需求层面，不仅要"富"，而且求"贵"，于是，"富贵"与"贫贱"的问题就摆在面前了，这是任何社会任何时代任何人都无法回避的现实问题。华兹华斯也不能超然其外，可惜的是，他在生活之中是曾经遭受过贫贱的磨难的。

（一）贫贱的生活经历

在文学史上，存在着一个有趣的现象，不少人一方面在文学上创造了非凡的成就，名垂青史；但是，另一方面，他们却遭受了贫贱的磨难，郁郁寡欢。英国文学史上的杰弗利·乔叟（Geoffrey Chaucer, 1340-1400）、埃德蒙·斯宾塞（Edmund Spenser, 1552-1599）、本·琼生（Ben Jonson, 1573-1637）、约翰·多恩（John Donne, 1572-1631）、罗伯特·格林（Robert Greene, 1558-1592）、约翰·弥尔顿（John Milton, 1608-1674）、托马斯·奥特威（Thomas Otway, 1652-1685）、塞缪尔·约翰逊（Samuel Johnson, 1709-1784）、托马斯·查特顿（Thomas Chatterton, 1752-1770）、罗伯特·彭斯（Robert Burns, 1759-

1796）、威廉·布莱克（William Blake, 1757-1827）、托马斯·胡德（Thomas Hood, 1799-1845）、乔治·戈登·拜伦（1788-1824）、珀西·比希·雪莱（Percy Bysshe Shelley, 1792-1822）、约翰·济慈（John Keats, 1795-1821）、查尔斯·狄更斯（Charles Dickens, 1812-1870）、肖恩·奥凯西（Sean O'casey, 1880-1964），美国文学史上的本杰明·富兰克林（Benjamin Franklin, 1706-1790）、菲丽丝·惠特利（Phillis Wheatley, 1754-1784）、约翰·格林利夫·惠蒂尔（John Greenleaf Whittier, 1807-1892）、华尔特·惠特曼（Walt Whitman, 1819-1892），均是例证。乔叟是"英国诗歌之父"[1]，出身于富裕的资产阶级家庭，但也曾"经历过几年贫困的生活"[2]，亨利四世登基时，他还给他写了一首打油诗《致空囊》（"Complaint to His Empty Purse"），申述自己的贫穷。斯宾塞是桂冠诗人，创作出了"伟大的英语诗歌之一"[3]《仙后》（The Faerie Queene），但他出身于伦敦一个相当贫穷的商人裁缝之家，连进剑桥大学求学也是以免费生身份进行的，最后"死于王家街中，无隔宿之粮"[4]。琼生是"英国文学史上事实上的第一个桂冠诗人"[5]，每年有一笔赏金和一大桶赏酒，但他出身于伦敦一泥水匠家庭，又因与他人发生争执被革去王家赏金，最后"在贫困中死去"[6]。多恩是"玄学派"（metaphysical school）领袖，曾遭受短期的牢狱之苦，出狱后"成员不断增加的一家人依靠于朋友和资助团体"[7]，"若干年内均生活于极度贫困之中，没有任何职业，但是还要继续进行诗歌创作"[8]。格林是"大

---

1 〔苏〕阿尼克斯特著《英国文学史纲》，戴镏龄、吴志谦、桂诗春、蔡文显、周其勋、汪梧封译，北京：人民文学出版社 1959 年版，第 39 页。英国十七世纪作家约翰·德莱顿（John Dryden，1631-1700）称乔叟为"英国诗歌之父"（"father of English poetry"），从此，他这一称号便确立下来。"father of English poetry" 通常译作"英国诗歌之父"，亦有人将之译为"英语诗歌之父"。

2 *A Short History of English Literature*, New Revised Edition, compiled by Liu Bingshan, Zhengzhou: Henan People's Publishing House, 1993, p.22.

3 *A History of English Literature*, Volume I, by Chen Jia, Beijing: The Commercial Press, 1982, p.110.

4 〔苏〕阿尼克斯特著《英国文学史纲》，戴镏龄、吴志谦、桂诗春、蔡文显、周其勋、汪梧封译，北京：人民文学出版社 1959 年版，第 84 页。

5 *Selected Readings in English Literature*, Volume I, by Chen Jia, Beijing: The Commercial Press, 1981, p.111.

6 〔苏〕阿尼克斯特著《英国文学史纲》，戴镏龄、吴志谦、桂诗春、蔡文显、周其勋、汪梧封译，北京：人民文学出版社 1959 年版，第 146 页。

7 *History and Anthology of English Literature*, Book 1, by Wu Weiren, Beijing: Foreign Language Teaching and Research Press, 1988, p.147.

8 *A History of English Literature*, Volume I, by Chen Jia, Beijing: The Commercial Press, 1982, pp.222-223.

学才子"（University Wits）圈的人，"是他那个时代最多产的散文小说家"[9]，但他定居伦敦后靠低廉的文学创作谋生，生活十分困难，到去世时竟然"身无分文，还欠着旅店主的债"[10]。弥尔顿是"一个擅长论辩的作家"[11]，创造出了许多文学名篇，但他曾遭迫害，获释后十余年一直生活在"贫病交迫中"[12]。奥特威"是继德莱顿之后复辟时期最重要的悲剧作家"[13]，但他"后来死于穷困潦倒之中，年仅三十三岁"[14]。约翰逊在文学的多方面作出了伟大的贡献，是"英国文学史上一代宗师性质的巨人"[15]，但他一生绝大多数时间都在贫困中挣扎，直到 1762 年，国王因他辞典编撰的成就授予他 300 英镑的年金，他才"终于摆脱了需要写文章糊口的压力"[16]，时已年至 53 岁。查特顿是英国的天才诗人，但他出身于比利斯托（Bristol）"一个贫穷抄写员"[17]之家，到伦敦后又找不到工作，为贫困所逼，"年仅十七岁零九个月"[18]便服毒自杀。彭斯是最伟大的苏格兰诗人，曾受到"时髦社会热情的赞慕和富裕文雅社会的欢迎"[19]，但他出身于苏格兰艾尔郡一个极其贫苦的农民家庭，"父亲劳累致死"[20]，十六岁就成了主要的农耕劳动力，三十七岁便在贫病交迫中死去。布莱克是十八世纪末叶"这个时代的最革命的诗人"[21]，在文学史上可称为浪漫主义的先驱，但不幸的是，他的许多出色的诗歌得不到当时人的理

9 侯维瑞主编《英国文学通史》，上海：上海外语教育出版社 1999 年版，第 97 页。

10 侯维瑞主编《英国文学通史》，上海：上海外语教育出版社 1999 年版，第 97 页。

11 〔英〕安德鲁·桑德斯著《牛津简明英国文学史》（上），谷启楠、韩加明、高万隆译，北京：人民文学出版社 2000 年版，第 344 页。

12 杨岂深、孙铢主编《英国文学选读》第一册，上海：上海译文出版社 1981 年版，第 56 页。

13 侯维瑞主编《英国文学通史》，上海：上海外语教育出版社 1999 年版，第 206 页。

14 侯维瑞主编《英国文学通史》，上海：上海外语教育出版社 1999 年版，第 206 页。

15 吴景荣、刘意青主编《英国十八世纪文学史》，北京：外语教学与研究出版社 2000 年版，第 170 页。

16 吴景荣、刘意青主编《英国十八世纪文学史》，北京：外语教学与研究出版社 2000 年版，第 182 页。

17 〔苏〕阿尼克斯特著《英国文学史纲》，戴镏龄、吴志谦、桂诗春、蔡文显、周其勋、汪梧封译，北京：人民文学出版社 1959 年版，第 261 页。

18 *A History of English Literature*, Volume II, by Chen Jia, Beijing: The Commercial Press, 1981, p.206.

19 *A History of English Literature*, Volume II, by Chen Jia, Beijing: The Commercial Press, 1981, p.222.

20 阎照祥著《英国史》，北京：人民出版社 2003 年版，第 282 页。

21 〔英〕哈里·布拉迈尔斯《英国文学简史》，濮阳翔、王义国等译，成都：四川人民出版社 1987 年版，第 324 页。

解，其艺术天才亦未获皇家艺术学院的承认，最后"在贫困中默默无闻地死去，死后墓上无碑"[22]。胡德创作了许多诗歌，是"所有现代英国幽默作家中最有才能的一个"[23]，但"由于家庭经济困难"，"一生在贫困和疾病中度过"[24]。拜伦是"英国浪漫主义最卓越的代表"[25]，但由于父亲不务正业，挥霍钱财，"他的幼年和童年自然没有什么幸福可言。生活的穷困，自不待言"[26]。雪莱"具有丰富的抒情天赋"[27]，但他曾有些经济之忧，"似乎无限期威胁雪莱的贫困生活导致了赫黎特·威斯特勃罗克同诗人之间的生疏和后来的分手"[28]。济慈是"英国浪漫主义时期又一杰出的诗人，在英国文学史上占有特殊的地位"[29]，但他在经济上处境艰难，最后"在穷困中死于罗马"[30]。狄更斯发表了近二十部小说，"在维多利亚时代小说中占据着中心地位"[31]，但他出身贫寒，年仅十五岁便"因家庭经济拮据而不得不中途辍学，到伦敦的一个律师事务所去当办事员"[32]。奥凯西创作了展示"十九世纪八十年代以来爱尔兰社会生活的许多图景"[33]的自传体小说，但他三岁丧父，"整个童年在贫穷和苦难中度过"[34]。富兰克林以散文名世，他创作的《自传》（*The Autobiography*, 1771, 1783-1790）是美国文学史上的第一部传记作品，"以其

---

22 侯维瑞主编《英国文学通史》，上海：上海外语教育出版社 1999 年版，第 247 页。

23 恩格斯《英国工人阶级状况》，《马克思恩格斯全集》第二卷，北京：人民出版社 1957 年版，第 498 页。

24 杨岂深、孙铢主编《英国文学选读》第一册，上海：上海译文出版社 1981 年版，第 274 页。

25 〔苏〕阿尼克斯特著《英国文学史纲》，戴镏龄、吴志谦、桂诗春、蔡文显、周其勋、汪梧封译，北京：人民文学出版社 1959 年版，第 294 页。

26 《乔治·戈登·拜伦》，董翔晓、鲁效阳、谢天振、包幼华《英国文学名家》，哈尔滨：黑龙江人民出版社 1984 年版，第 127 页。

27 〔英〕哈里·布拉迈尔斯《英国文学简史》，濮阳翔、王义国等译，成都：四川人民出版社 1987 年版，第 344 页。

28 *A History of English Literature*, Volume III, by Chen Jia, Beijing: The Commercial Press, 1986, p.91.

29 侯维瑞主编《英国文学通史》，上海：上海外语教育出版社 1999 年版，第 405 页。

30 阎照祥著《英国史》，北京：人民出版社 2003 年版，第 286 页。

31 〔英〕哈里·布拉迈尔斯《英国文学简史》，濮阳翔、王义国等译，成都：四川人民出版社 1987 年版，第 431 页。

32 侯维瑞主编《英国文学通史》，上海：上海外语教育出版社 1999 年版，第 472 页。

33 杨岂深、孙铢主编《英国文学选读》第二册，上海：上海译文出版社 1981 年版，第 348 页。

34 *A History of English Literature*, Volume IV, by Chen Jia, Beijing: The Commercial Press, 1986, p.138.

独特的风格和非凡的道德力量成为世界文学史上最受欢迎、最杰出的传记作品之一"[35]，但他"出生于一个极为普通的蜡烛匠之家，10 岁开始就先后和父亲、兄长一起干活"[36]，早年十分贫寒与艰苦。惠特利是"美国文学史上第一位出版诗集的黑人女诗人"[37]，具有一定的重要性，但她"全家在穷困中挣扎，三个子女先后夭折，惠特利本人也贫病交加，去世时才 31 岁"[38]。惠蒂尔二十多岁时即"已成为几家废奴派报纸的编辑"[39]，素有新英格兰桂冠诗人、美国的彭斯等美誉，但她家境贫寒，父亲常年累月辛勤耕作方勉强度日，无奈的她"只好在许多杂活、一点游戏和少得可怜的学校教育中度过童年和少年"[40]。惠特曼是"美国十九世纪最杰出的诗人、美国新兴资产阶级最重要也是最后的一位歌手"[41]，但他"出身微贱"[42]，只接受过 6 年教育，11 岁便辍学，去做勤杂，当学徒，任乡村小学教师。以上列位均是在文学方面颇有造诣之士，他们的命运尚且如此，普通的文学创作者的境遇便可想而知了。

华兹华斯同乔叟、斯宾塞、琼生、多恩、格林、弥尔顿、奥特威、约翰逊、查特顿、彭斯、布莱克、胡德、拜伦、雪莱、济慈、狄更斯、奥凯西、富兰克林、惠特利、惠蒂尔和惠特曼等人相似，曾经饱受贫贱的磨难。华兹华斯也是自小即开始遭受贫贱之苦。他父母相继去世之后，一家人度日艰难。他父亲去世前，朗斯代尔伯爵从他家借了一笔达 4700 英镑的款，但却拖着不肯归还。他父亲的遗嘱执行人为讨还这笔款向法院提出了诉讼，但朗斯代尔伯爵仗势欺人，聘请了很多精通刀笔的大律师在法庭上与之抗衡，结果官司搁置了起

---

35 董衡巽主编《美国文学简史》（修订版），北京：人民文学出版社 2003 年版，第 17 页。

36 张冲著《新编美国文学史》第一卷，上海：上海外语教育出版社 2000 年版，第 156 页。

37 张冲著《新编美国文学史》第一卷，上海：上海外语教育出版社 2000 年版，第 179 页。

38 张冲著《新编美国文学史》第一卷，上海：上海外语教育出版社 2000 年版，第 180 页。

39 史志康主编《美国文学背景概观》，上海：上海外语教育出版社 1998 年版，第 59 页。

40 张冲著《新编美国文学史》第一卷，上海：上海外语教育出版社 2000 年版，第 373 页。

41 董衡巽主编《美国文学简史》（修订版），北京：人民文学出版社 2003 年版，第 110 页。

42 董衡巽主编《美国文学简史》（修订版），北京：人民文学出版社 2003 年版，第 110 页。

来。安妮特·鲁宾斯坦（Annette T.Rubinstein）在《英国文学的伟大传统：从莎士比亚到肖伯纳》（*The Great Tradition in English Literature from Shakespeare to Shaw*）一书中记载道："官司的失败使华兹华斯处于极其艰难的境地。"[43] 直到 1802 年朗斯代尔伯爵去世之后，这笔款才连同利息由朗斯代尔伯爵的继承人归还给了华兹华斯家。《不列颠简明百科全书》（*Britannica Concise Encyclopedia*）记载："华兹华斯 13 岁成为孤儿，他上剑桥大学读书，但他飘无根基，实际上身无分文，直到 1795 年，得到一笔遗产，这才使他与妹妹多萝西·华兹华斯团聚。"（"Orphaned at age 13, Wordsworth attended Cambridge University, but he remained rootless and virtually penniless until 1795, when a legacy made possible a reunion with his sister Dorothy Wordsworth."[44]）在父母亲去世之后，华兹华斯的家境开始衰败萧条。五个兄弟姐妹各散东西，由亲属加以监护。华兹华斯本人由叔父理查·华兹华斯和舅父克里斯托弗·库克逊共同以监护，过着寄人篱下的生活。1792 年 12 月 15 日，女儿卡罗琳（Caroline）尚未出世，他便告别恋人安妮特·瓦隆从法国返回英国，这其中有一个经济方面的原因，《序曲》第十卷《寄居法国——续》第 222-223 行：

> Dragged by a chain of harsh necessity
> So seemed it,——now thankfully I acknowledge,
> [45]...

> 我回到英格兰，当时似被生计的
> 巨链拖回，
> [46]......

丁宏为《序曲》译本注释："确实为了生计，但也包括安奈特与孩子的生计。需回国搞些钱。"[47]回国后，华兹华斯住到了伦敦。但由于他在感情和行

---

43 Annette T.Rubinstein, *The Great Tradition in English Literature from Shakespeare to Shaw*, Volume II, New York and London: Modern Reader Paperbacks, 1969, p.412.

44 *Britannica Concise Encyclopedia*, Shanghai: Shanghai ForeignLanguage Education Press, 2008, p.1803.

45 *The Collected Poetry of William Wordsworth*, Ware: Wordsworth Editions Limited, 1994, p.721.

46 〔英〕威廉·华兹华斯著《序曲》，丁宏为译，北京：中国对外翻译出版公司 1999 年版，第 268 页。

47 〔英〕威廉·华兹华斯著《序曲》，丁宏为译，北京：中国对外翻译出版公司 1999 年版，第 184 页。显然，此注中之"安奈特"译自"Annette"，所指与"安妮特"同。

动上对法国革命表示同情，所以在他回国后不久，监护人停止了对他所进行的经济接济。此外，他父亲的遗产官司此时尚未打赢，所以他在经济上陷入了困难的境地。从法国回英国后还不到十年，他在生活上已没有任何着落，甚至到了只有靠举债才能艰难度日的地步。由于生活上非常困难，他已无法继续实施作诗人的梦想了，"诗歌虽然美妙，但得先填饱肚皮"[48]。1795 年 1 月，他同学威廉·卡尔弗特（William Calvert）的弟弟赖斯雷·卡尔弗特（Raisley Calvert）[49]在彭里斯去世。卡尔弗特是他的朋友，一直仰慕他的诗才，同情他的处境。为了让他不愁衣食、比较专心地从事诗歌创作，卡尔弗特在去世前立下遗嘱，把一笔 900 英镑的款项作为礼品赠送给了他。在卡尔弗特的馈赠之下，"他从经济苦恼中得到了解救"[50]。关于这一件事，他在心中一直怀着感激之情。《序曲》第十四卷《结尾》第 349-371 行：

> Since I withdrew unwillingly from France,
>
> I led an undomestic wanderer's life,
>
> In London chiefly harboured, whence I roamed,
>
> Tarrying at will in many a pleasant spot
>
> Of rural England's cultivated vales
>
> Or Cambrian solitudes. A Young——(he bore
>
> The name of Calvert-it shall live, if words
>
> Of mine can give it life,) in firm belief
>
> That by endowments not from me withheld
>
> Good might be furthered——in his last decay
>
> By a bequest sufficient for my needs
>
> Enabled me to pause for choice, and walk
>
> At large and unrestrained, not damped too soon
>
> By mortal cares. Himself no Poet, yet
>
> Far less a common follower of the world,

---

48 董翔晓、鲁效阳、谢天振、包幼华《英国文学名家》，哈尔滨：黑龙江人民出版社 1984 年版，第 119 页。

49 Raisley Calvert：或译"赖斯雷·卡尔弗特"、"雷斯利·卡尔弗特"、"累斯利·卡尔弗特"、"雷斯力·卡尔弗特"。

50 *England in Literature*, by Helen McDonnell, Neil E.Nakadate, John Pfordresher, Thomas E.Shoemate, Glenview: Scott, Foresman and Company, 1979, p.315.

He deemed that my pursuits and labours lay

Apart from all that leads to wealth, or even

A necessary maintenance insures,

Without some hazard to the finer sense;

He cleared a passage for me, and the stream

Flowed in the bent of Nature[51].

自从我不情愿地从法国回来，

一直过着在外游荡的生活，

曾在伦敦小住，离开后四处

漫游，在许多妙境随意停留，

或英格兰乡间精耕的河谷，或是

坎布里亚荒僻的山野。有个青年

（卡尔弗特是他的名字，它将永存——

倘若我的诗文能给它生命）

坚信，我拥有的天赋能助长美德，

于是，在弥留之际，从自己和他所爱的

家人财产中，拿出一笔并非

多余的数额，馈赠给我，满足

我日常所需，使我能凭个人的

喜好，或住步将养，或无拘无束地

游走八方，不致很快陷入

生计的困扰。他虽不会做诗，

但也绝非随波逐流的庸人，

他认为我的求索与耕耘有别于

所有那些对财富的追求，甚至

那种只确保基本生计，并未

伤及敏感力的追求；他为我开出了

一条通道，让那长河按大自然的

---

51 *The Collected Poetry of William Wordsworth*, Ware: Wordsworth Editions Limited, 1994, p.375.

意向继续畅流[52]。

《纪念雷斯利·卡尔弗特》("To the Memory of Raisley Calvert"):

> CALVERT! it must not be unheard by them
>
> Who may respect my name, that I to thee
>
> Owed many years of early liberty.
>
> This care was thine when sickness did condemn
>
> Thy youth to hopeless wasting, root and stem——
>
> That I, if frugal and severe, might stray
>
> Where'er I liked; and finally array
>
> My temples with the Muse's diadem.
>
> Hence, if in freedom I have loved the truth;
>
> If there be aught of pure, or good, or great,
>
> In my past verse; or shall be, in the lays
>
> Of higher mood, which now I meditate;——
>
> It gladdens me, O worthy, short-lived, Youth!
>
> To think how much of this will be thy praise[53].

> 卡尔弗特!有人不轻蔑我名姓,
>
> 我觉得我总应该让他们知道:
>
> 是你使我有多年的快意陶陶,
>
> 那时你还年轻,但是恹恹抱病,
>
> 身心交瘁中你对我寄望殷殷:
>
> 只要克勤克俭而且自勉自励,
>
> 我可以周游四方,最终也不难
>
> 获得戴上诗人的桂冠的荣幸。
>
> 如果说我在自由中热爱真理,
>
> 如果我过去的诗篇或者现时
>
> 正在更高格调中构思的新诗,

---

52 〔英〕威廉·华兹华斯著《序曲》,丁宏为译,北京:中国对外翻译出版公司 1999 年版,第 358 页。

53 *The Collected Poetry of William Wordsworth*, Ware: Wordsworth Editions Limited, 1994, pp.259-260.

有任何清新俊逸或瑰奇风致，

早逝的好少年，我多么欣喜，

这多半来自你的鼓励与支持[54]。

与此同时，为了让他和妹妹多萝西有一个家，他的另一个朋友又以免除租金的形式为他提供了一套住房。在他经济窘迫之中，幸好有像卡尔弗特这样的朋友鼎力帮助，他才得以度过难关。但是，这些帮助并未使他彻底解脱贫贱的苦恼。1802 年 10 月 4 日，华兹华斯同玛丽·郝金森（Mary Hutchinson, 1770-1859）结婚，女方"玛丽家人不参加婚礼，因为不赞成她嫁'一个流浪人'（a vagabond）"[55]，这是嫌弃他贫穷苦痛。华兹华斯本厌恶世事、心系田园，是一个隐居之人。但是，在现实生活严峻的考验之下，他不得不重新入世，或当律师，或做新闻记者，干一些世俗工作，以谋求一定的生活来源。1813 年，他依靠一个贵族朋友帮忙，在政府机关里谋取了一个税务官的卑微闲职，每年领取政府 400 英镑年俸，藉以养家糊口。1843 年他被任命为桂冠诗人，每年有 300 英镑的政府津贴，经济状况进一步好转。

华兹华斯的贫贱经历促使他对普普通通的人民尤其是贫苦低贱的人民充满了特殊的感情，这种感情在他的很多作品中都有流露，如《序曲》（*The Prelude*）、《阳春 3 月作》（"Written in March"）、《孤独的割麦女》（"The Solitary Reaper"）、《宝贝羊羔》（"The Pet Lamb"）、《迈克尔》（"Michael"）、《坚毅与自由》（"Resolution and Independence"）、《坎伯兰老乞丐》（"The Old Cumberland Beggar"）、《露西·格瑞》（"Lucy Gray"）、《死去的露西》（"Lucy Dead"）、《苏珊的梦幻》（"The Reverie of Poor Susan"）、《荆棘》（"The Thorn"）、《海员的母亲》（"The Sailor's Mother"）、《玛格丽特的痛苦》（"The Affliction of Margaret"）、《乔治和萨拉·格林》（"George and Sarah Green"）[56]、《西蒙·李》（"Simon Lee,

---

54 〔英〕华兹华斯著《华兹华斯抒情诗选》，谢耀文译，南京：译林出版社 1991 年版，第 157 页。

55 梁实秋著《英国文学史》（三），北京：新星出版社 2011 年版，第 891 页。

56 "George and Sarah Green"：目前看到的这首诗歌的标题有二种，一是 "George and Sarah Green"，详见：〔英〕华兹华斯著《华兹华斯抒情诗选》，杨德豫译，长沙：湖南文艺出版社 1996 年版，第 248 页。二是 "Elegiac Stanzas, composed in the churchyard of grasmere, westmorland, a few days after the interment there, of a man and his wife, inhabitants of the vale, who were lost upon the neighbouring mountains, on the night of the nineteenth of march last"，详见：*The Poems of William Wordsworth*, Collected Reading Texts from the Cornell Wordsworth edited by Jared Curtis, Volume III, Penrith: Humanities-Ebooks, 2009, p.13.

The Old Huntsman; with an incident in which he was concerned"），等等。《西蒙·李》25-40 行：

> But, oh the heavy change!-bereft
> Of health, strength, friends, and kindred, see!
> Old Simon to the world is left
> In liveried poverty.
> His Master's dead-and no one now
> Dwells in the Hall of Ivor;
> Men, dogs, and horses, all are dead;
> He is the sole survivor.
>
> And he is lean and he is sick;
> His body, dwindled and awry,
> Rests upon ankles swoln and thick;
> His legs are thin and dry.
> One prop he has, and only one,
> His wife, an aged woman,
> Lives with him, near the waterfall,
> Upon the village Common[57].

> 如今，景况变得好凄凉！
> 他又老又穷，又弱又无力，
> 无亲无故的，留在世上，
> 穿的是破旧的号衣。
> 他主人死了，艾弗庄园
> 也已经荒凉破败；
> 人呀，狗呀，马呀，都死了，
> 只剩他一个还在。
>
> 他病病歪歪，干枯消瘦，
> 身躯萎缩了，骨架倾斜，
> 脚腕子肿得又粗又厚，

57 *The Collected Poetry of William Wordsworth*, Ware: Wordsworth Editions Limited, 1994, pp.483-484.

脚杆子又细又瘦。

世上，他只有一个依靠——

他老伴，也上了年纪；

老两口住在瀑布近旁，

那儿是村里的公地[58]。

西蒙·李是一个猎人，又老、又瘦、又穷、又苦，十分令人同情，华兹华斯在上诗中表达了对他的特殊感情。《乔治和萨拉·格林》：

Who weeps for Strangers?-Many wept

For George and Sarah Green;

Wept for that Pair's unhappy end,

Whose Grave may here be seen.

By night, upon these stormy Heights

Did Wife and Husband roam:

Six little-Ones the Pair had left

And could not find their Home.

For any Dwelling-place of men

As vainly did they seek.

He perish'd, and a voice was heard,

The Widow's lonely shriek.

Down the dark precipice he fell,

And she was left alone,

Not long to think of her Children dear,

Not long to pray or groan!

A few wild steps-she too was left,

A Body without life!

The chain of but a few wild steps

To the Husband bound the Wife[59].

谁为陌生人哭泣？不少人

---

58 〔英〕华兹华斯著《华兹华斯诗歌精选》，杨德豫译，太原：北岳文艺出版社 2000 年版，第 221 页。

59 *The Poems of William Wordsworth*, Collected Reading Texts from the Cornell Wordsworth edited by Jared Curtis, Volume III, Penrith: Humanities-Ebooks, 2009, p.13.

为乔治和萨拉哭泣，

哀悼这一对不幸的夫妻——

他们就葬在此地。

那一夜，两口子走过荒野，

狂风起，暴雨倾盆；

家里留下了六个孩子，

却再也找不到家门。

连一间村舍、一户人家

他们也没有找到；

丈夫倒下了，只听得妻子

一声凄厉的惨叫。

没走出几步，妻子也倒下，

变成僵冷的皮囊；

短短几步路，像一条链子

连接着夫妇一双[60]。

乔治·格林和妻子萨拉是格拉斯密谷地普通的乡民，1808 年 3 月 19 日夜间，他们从附近山地返家途中，因风雨大作而迷失道路，双双遇难，留下六个孩子。华兹华斯写下这首诗对他们进行哀悼，并对他们的遗孤给予关照。

（二）贫贱生活的缘由

华兹华斯在生活中遭受贫贱的磨难完全不是出于偶然，而是有其复杂的原因的。这些原因归结起来主要有以下三个。

第一，社会财富的匮乏

近代英国是一个由农牧业文明向工业文明过渡的社会。在农业文明、工业文明初期，社会生产力发展水平比较低，社会所生产的物质财富从整体上来看非常有限，从事文学创作的人士占有较多物质财富的机会自然也就少了。华兹华斯是工业文明初期普通的社会成员，实现富贵的可能性自然也就很小了。

第二，谋生手段的不力

文学创作是精神生产活动，在生产力发展水平不是很高的社会阶段，首先

---

60 〔英〕华兹华斯著《华兹华斯诗歌精选》，杨德豫译，太原：北岳文艺出版社 2000 年版，第 234 页。

受到重视的是物质生产，精神生产则往往居于次要地位。斯宾塞花极大心血始创作成史诗《仙后》前三卷，并将它题献给"正大光明的女皇"[61]伊丽莎白女王，但得到的回报仅仅只是年俸五十英镑而已。在工业文明初期，仅靠文学创作而至富贵是几乎不可能的。对于华兹华斯而言，谋生的手段主要是从事诸如律师、新闻记者和税务官之类的工作，从事文学创作对维护其一家人的生活有所帮补，但这种帮补是有限的。

第三，隐居的生活

隐居世外是一种与世无争的生活，它的代价就是物质生活的相对贫乏和社会地位的相对低下。华兹华斯《坚毅与自立》（"Resolution and Independence"）第 5 章：

> I heard the sky-lark warbling in the sky;
>
> And I bethought me of the playful hare:
>
> Even such a happy Child of earth am I;
>
> Even as these blissful creatures do I fare;
>
> Far from the world I walk, and from all care;
>
> But there may come another day to me-
>
> Solitude, pain of heart, distress, and poverty[62].

> 我听见天空里婉转啼鸣的云雀，
>
> 想起旷野上欢腾嬉戏的野兔；
>
> 我也是大地之子，也幸福愉悦，
>
> 和这些生灵一样，把时光欢度；
>
> 与世隔绝，远离世间的愁苦；
>
> 可是，另一种日子也许会来临——
>
> 孤苦伶仃，内心痛楚，艰难贫困[63]。

隐居世外一般都同贫困低贱相关联，大富大贵的隐士是找不到的，英国没有，世界其他地方也没有。华兹华斯是隐士，过贫困低贱的生活就是情理之中

---

61 〔英〕安德鲁·桑德斯著《牛津简明英国文学史》（上），谷启楠、韩加明、高万隆译，北京：人民文学出版社 2000 年版，第 195 页。

62 *Selected Poetry of William Wordsworth*, edited by Mark Van Doren, introduction by David Dromwich, New York: Random House, Inc., 2001, p.1230.

63 〔英〕华兹华斯著《华兹华斯诗歌精选》，杨德豫译，太原：北岳文艺出版社 2000 年版，第 110 页。

的事了。

二、节义廉耻

趋富贵而避贫贱是人之普遍倾向。戴维·休谟（David Hume）《人性论》（*A Treatise of Human Nature*）之《论骄傲与谦卑》第十节《论财产权与财富》：

> 财富产生快乐和骄傲，贫穷引起不快和谦卑，由于同样理由，权力必然产生前一种情绪，而奴役就产生后一种情绪。控制他人的权力或权威使我们能够满足我们的全部欲望，而奴役却使我们服从他人的意志，使我们会遭受无数的缺乏和耻辱[64]。

《圣经·旧约全书·传道书》："酒能使人快活；钱能叫万事应心。"[65]英国谚语中也有论述："民以食为天。"[66]"宁可有余，不可不足。"[67]乔治·萧伯纳（George Bernard Shaw, 1856-1950）《巴巴拉上校》（*Major Barbara*）序："金钱是世上最重要的东西，它能显著表现健康、力量、名誉、宽大、美。反之，缺钱则显著表现疾病、软弱、不名誉、卑微、丑陋。"[68]拉尔夫·瓦尔多·爱默生（Ralph Waldo Emerson, 1803-1882）《论财富》（*Wealth*）："人天生求富，需要有钱。"[69]"钱币是一个微妙的天秤，秤出文明、社会和道德的变化。"[70]《英国特色·财富》（"Wealth", *English Traits*）："最侮辱人格的字眼就是，'一个叫花子。'"[71]马克·吐温（Mark Twain, 1835-1910）说："贫乏是一切罪恶的根源。"[72]在美国，有把白人蔑称为"白色垃圾"（"white trash"）的，《新牛津英语词典》（*The New Oxford Dictionary of English*）："白色垃圾，贫

64　〔英〕休谟著《人性论》，关文运译，北京：商务印书馆1980年版，第351页。

65　《圣经》，新标准修订版、新标准和合版，中国基督教协会，第1021页。

66　曹聪孙编注《中国俗语典》，成都：四川教育出版社1991年，第411页。

67　原谚语为："Bread is the staff of life."参见：盛绍裘、李永芳编《英汉双解英语谚语辞典》，上海：知识出版社1989年版，第90页。

68　施铁民审订《英语名句赏析辞典》，北京：世界图书出版公司北京分公司1992年版，第297页。

69　〔美〕R·W·爱默生著《爱默生随笔》，刘玉红译，天津：天津教育出版社2004年版，第239页。

70　〔美〕R·W·爱默生著《爱默生随笔》，刘玉红译，天津：天津教育出版社2004年版，第253页。

71　〔美〕吉欧·波尔泰编《爱默生集》（下），赵一凡、蒲隆、任晓晋、冯建文译，北京：生活·读书·新知三联书店1993年版，第937页。

72　原文为："Poverty is the root of all evils."参见：连畔编译《英语格言菁华》，香港：上海书局有限公司1978年版，第21页。

穷的白人，尤其是居住于美国南方的白人。"[73]

不同的人对于富贵与贫贱有不同的价值取向，富贵贫贱同快乐忧苦生活并无必然的联系，更不成正比关系。若从对于富贵与贫贱的价值取向来分，比较典型的人有两类：一是急于富贵的人，二是安于贫贱的人。从总体上看，华兹华斯是轻富贵而安贫贱的。

在西方传统文化中，富贵贫贱是常常同节义廉耻联系在一起的。萨福在第87首诗歌中说，"财富没有德行，好似恶邻居"[74]。《圣经·新约全书·哥林多后书》（"2 Corinthians", *The Books of the New Testament, The Holy Bible*）："他施舍钱财，周济贫穷；/ 他的仁义存到永远。"[75]在英国传统文化中，富贵贫贱亦是常常同节义廉耻联系在一起的。在英国谚语中，有许多就富贵贫贱节义廉耻而发之论，如："不义之财，犹如麸糠。"[76]"不义之财，鲜能发家。"[77]"不义之财发不了家。"[78]"不义之财不传代。"[79]"财富来得不正当，犹如宫殿建沙上。"[80]"小人爱财，君子惜誉。"[81]"宁可一贫如洗，决不为非作歹。"[82]"宁可清贫而有德，不可为富而不仁。"[83]"宁可正直而贫穷，不可邪

73 原文为："white trash, poor white people, especially those living in the southern U.S." 参见：*The New Oxford Dictionary of English*, edited by Judy Pearsall (Oxford: Oxford University Press, 1998), p.2107.

74 《"萨福"：一个欧美文学传统的生成》，田晓菲编译，北京：生活·读书·新知三联书店2003年版，第195页。

75 《圣经》，新标准修订版、新标准和合本，中国基督教协会，第300页。

76 原文为："The devil's meal is all bran." 参见：盛绍裘、李永芳编《英汉双解英语谚语辞典》，上海：知识出版社1989年版，第412页。

77 原文为："Ill-gotten gains (or: goods) seldom prosper." 参见：盛绍裘、李永芳编《英汉双解英语谚语辞典》，上海：知识出版社1989年版，第245页。

78 原文为："Ill-gotten gains (or: goods) never prosper." 参见：盛绍裘、李永芳编《英汉双解英语谚语辞典》，上海：知识出版社1989年版，第245页。

79 原文为："Ill-gotten goods thrives not to the third heir." 参见：盛绍裘、李永芳编《英汉双解英语谚语辞典》，上海：知识出版社1989年版，第245页。

80 原文为："Ill-gotten wealth is like a palace built on the sand." 参见：盛绍裘、李永芳编《英汉双解英语谚语辞典》，上海：知识出版社1989年版，第245页。

81 原文为："Mean men admire wealth, great men, glory." 参见：盛绍裘、李永芳编《英汉双解英语谚语辞典》，上海：知识出版社1989年版，第308页。

82 原文为："Better be poor than wicked." 或译："宁受穷，不作恶。" 参见：盛绍裘、李永芳编《英汉双解英语谚语辞典》，上海：知识出版社1989年版，第80页。

83 原文为："Better poor with honour than rich with shame." 参见：盛绍裘、李永芳编《英汉双解英语谚语辞典》，上海：知识出版社1989年版，第84页。

恶而富有。"[84]"宁可穿破衣进天国，不着锦衣下地狱。"[85]"贵贱不长久，善行万代留。"[86]"小人乍富必有祸。"[87]"好名声，金不换。"[88]"钱财不如美名。"[89]"宁择美名，不选巨富。"[90]"宁为清贫，不为浊富。"[91]"不义之财取分文，后必失财以两计。"[92]"不要见利就拼命追逐。"[93]"不义之财不可贪；贪来之财易失去。"[94]"富贵如浮云。"[95]"横财不会旺家门。"[96]"为富不仁。"[97]

---

[84] 原文为："Better be upright and want, than wicked and have abundance."参见：盛绍裘、李永芳编《英汉双解英语谚语辞典》，上海：知识出版社1989年版，第81页。

[85] 原文为："Better go to heaven in rags than to hell in embroidery."参见：盛绍裘、李永芳编《英汉双解英语谚语辞典》，上海：知识出版社1989年版，第82-83页。

[86] 原文为："Kings and cabbages perish, but good deeds live on."参见：盛绍裘、李永芳编《英汉双解英语谚语辞典》，上海：知识出版社1989年版，第272-273页。

[87] 原文为："He that will be rich before night, may be hanged before noon."参见：盛绍裘、李永芳编《英汉双解英语谚语辞典》，上海：知识出版社1989年版，第212页。类似的价值取向在伊斯兰文化中也是存在的，《古兰经·第八十九章》："你们侵吞遗产，你们酷爱钱财。绝不然，当大地震动复震动，你的主的命令，和排班的天神，同齐来临的时候，在那日，火狱将被拿来；在那日，人将觉悟，但觉悟于他有何裨益呢？"详见：《古兰经·第八十九章》，马坚译，北京：中国社会科学出版社1981年版，第474页。

[88] 原文为："A good name is better than a golden girdle (or than gold)."参见：盛绍裘、李永芳编《英汉双解英语谚语辞典》，上海：知识出版社1989年版，第18页。

[89] 原文为："A good name is better than (great) riches."参见：盛绍裘、李永芳编《英汉双解英语谚语辞典》，上海：知识出版社1989年版，第19页。

[90] 原文为："A good name is rather to be chosen than great riches."参见：盛绍裘、李永芳编《英汉双解英语谚语辞典》，上海：知识出版社1989年版，第19页。

[91] 原文为："A clear fast is better than a dirty breakfast."郑家顺主编《英语谚语5000条》，南京：东南大学出版社2009年版，第13页。

[92] 原文为："An ill win penny will cast down a pound."郑家顺主编《英语谚语5000条》，南京：东南大学出版社2009年版，第14页。

[93] 原文为："Do not run too fast after gain."郑家顺主编《英语谚语5000条》，南京：东南大学出版社2009年版，第15页。

[94] 原文为："Do not seek dishonest gains, dishonest gains are losses."郑家顺主编《英语谚语5000条》，南京：东南大学出版社2009年版，第15页。

[95] 原文为："Glory, honour, wealth,and rank, such things are nothing but shadows."郑家顺主编《英语谚语5000条》，南京：东南大学出版社2009年版，第15页。

[96] 原文为："Ill-gotten goods never prosper."郑家顺主编《英语谚语5000条》，南京：东南大学出版社2009年版，第16页。

[97] 原文为："Money often unmakes the men who make it."郑家顺主编《英语谚语5000条》，南京：东南大学出版社2009年版，第18页。

　　华兹华斯也具有类似的价值取向。他在《坚毅与自立》（1802 年 5 月 3 日-7 月 4 日）第 15 章中对贫穷而不失志的老头表示了赞赏：

> He told, that to these waters he had come
>
> To gather leeches, being old and poor:
>
> Employment hazardous and wearisome!
>
> And he had many hardships to endure:
>
> From pond to pond he roamed, from moor to moor;
>
> Housing, with God's good help, by choice or chance,
>
> And in this way he gained an honest maintenance[98].

> 他说，只因他又老又穷，所以
>
> 才来到水乡，以捕捉蚂蝗为业；
>
> 这可是艰险而又累人的活计！
>
> 说不尽千辛万苦，长年累月，
>
> 走遍一口口池塘，一片片荒野；
>
> 住处么，靠上帝恩典，找到或碰上；
>
> 就这样，老实本分，他挣得一份报偿[99]。

　　华兹华斯早年克服贫困处境，坚持追求自由与真理，赢得了人们的尊敬。雪莱在《给华兹华斯》（"To Wordsworth", 1816 年发表）[100]中赞之曰：

> Thou wert as a lone star, whose light did shine
>
> On some frail bark in winter's midnight roar:
>
> Thou hast like to a rock-built refuge stood
>
> Above the blind and battling multitude:
>
> In honoured poverty thy voice did weave
>
> Songs consecrate to truth and liberty,[101]——

> 你曾像一颗孤独的星，把光明

---

98 *Selected Poetry of William Wordsworth*, edited by Mark Van Doren, introduction by David Dromwich, New York: Random House, Inc., 2001, pp.1235-1236.

99 〔英〕华兹华斯著《华兹华斯诗歌精选》，杨德豫译，太原：北岳文艺出版社 2000 年版，第 112-113 页。

100 "To Wordsworth"：查良铮将之译作 "《给华兹华斯》"，详见：〔英〕雪莱著《雪莱抒情诗选》，查良铮译，北京：人民文学出版社 1958 年版，第 30 页。

101 *The Norton Anthology of English Literature*, M.H.Abrams, general editor, Sixth Edition, Volume 2, New York: W.W.Norton and Company, 1993, p.648.

照到冬夜浪淘中脆弱的小船，

又好似石筑的避难的良港

屹立在盲目挣扎的人群之上；

在可敬的贫困中，你构制了

献与自由、献与真理的歌唱[102]——

当时，华兹华斯在生活的重负之下，托人在政府机关里谋取了一个韦斯特摩兰税务官（official Distributor of Stamps for Westmoreland）的闲职。据史蒂芬·赫伯编著的《威廉·华兹华斯》之《大事记》记载，华兹华斯1813年担任这一闲职，1842年离职[103]，时间长达29年。对于他谋取税务官闲职领取俸禄的事情，伦敦的才子对他进行了种种指责，认为他是投靠政府，是改变节操。雪莱在《给华兹华斯》中表示非常痛心：

Deserting these, thou leavest me to grieve,

Thus having been, that thou shouldst cease to be[104].

但你竟舍弃了它，我不禁哀悼

你过去如彼，而今天竟是这样[105]。

罗伯特·勃朗宁（Robert Browning, 1812-1889）在《迷途的领袖》（"The Lost Leader"）中也表示很是失望：

Just for a handful of silver he left us,

Just for a riband to stick in his coat——

只是就为了一把银币，他离开了我们——

只是为了一根绶带，他想佩戴在胸前[106]；

拜伦也写诗予以嘲讽挖苦。托马斯·洛夫·皮科克（Thomas Love Peacock, 1785-1866）不愿意原谅华兹华斯接受政府税务官职务的事情，一有机会就要

---

102 〔英〕雪莱著《雪莱抒情诗选》，查良铮译，北京：人民文学出版社1958年版，第30页。

103 "Chronology": "1813 Wordsworth is appointed Distributor of Stamps for Westmorland." "1842 Wordsworth resigns as Distributor of Stamps." See: Stephen Hebron, *William Wordsworth*, Shanghai: Shanghai Foreign Language Education Press, 2009, p.110.

104 *The Norton Anthology of English Literature*, M.H.Abrams, general editor, Sixth Edition, Volume 2, New York: W.W.Norton and Company, 1993, p.648.

105 〔英〕雪莱著《雪莱抒情诗选》，查良铮译，北京：人民文学出版社1958年版，第30页。

106 王佐良著《英国诗史》，南京：译林出版社1997年版，第362页。

讥讽他一番，可谓耿耿于怀、不吐不快。皮科克在 1817 年的讽刺小说《麦林考》（*Melincourt*）中，以"邮票先生"（Mr. Paperstamp）称呼华兹华斯，把华兹华斯形容成为了说话如孩子般口齿不清、总穿着一件粗呢上衣的令人生厌的家伙。他把华兹华斯划入"厚脸皮时代"一派诗人的代表，热嘲冷讽，无情鞭挞：

> 我记不起有什么真正伟大的、挚爱普遍自由的名字与坎伯兰郡灌木丛生的多岩的荒原和云雾缭绕的山峰沾得上边。我们看到一小帮诗人……适合于颂扬奢华的权力，弹奏宫廷里溜须拍马的调子，赞美已被破除的迷信[107]。

华兹华斯曾在归隐之后又在政府机关里弄了一个税务官当，但不能就此把他归结为汲汲于富贵、戚戚于贫贱之人。在艰难困苦的处境下，为了获得起码的生活需要，华兹华斯不得已而谋求其它补贴生活的途径，其情实为可原。

三、安贫乐贱

在英国传统文化中，有反对贪恋富贵、主张安于贫贱之内涵。在《圣经》之《旧约全书》与《新约全书》中，均有这方面论述。《旧约全书·传道书》（"Ecclesiastes", *The Books of the Old Testament*）：

> 贪爱银子的，不因得银子知足；贪爱丰富的，也不因得利益知足。这也是虚空。
>
> 货物增添，吃的人也增添，物主得什么益处呢？不过眼看而已！
>
> 劳碌的人不拘吃多吃少，睡得香甜；富足的人丰满却不容他睡觉。
>
> 我见日光之下有一宗大祸患，就是财主积存资财，反害自己。
>
> 因遭遇祸患，这些资财就消灭；那人若生了儿子，手里也一无所有。他怎样从母胎赤身而来，也必照样赤身而去；他所劳碌得来的，手中分毫不能带去[108]。

《新约全书·路加福音》（"Luke", *The Books of the New Testament*）：

> 耶稣说："谁立我作你们判事的官，给你们分家业呢？"于是

---

107 〔英〕玛里琳·巴特勒《浪漫派、叛逆者及反动派——1790-1830 年间的英国文学及其背景》，黄梅、陆建德译，沈阳：辽宁教育出版社 1998 年版，第 222 页。

108 《圣经》，新标准修订版、新标准和合本，中国基督教协会，第 1013 页。

对众人说："你们要谨慎自守，免去一切的贪心，因为人的生命不在乎家道丰富。"就用比喻对他们说："有一个财主田产丰盛；自己心里思想说：'我的出产没有地方收藏，怎么办呢？'又说：'我要这样办：要把我的仓房拆了，另盖更大的，在那里好收藏我一切的粮食和财物，然后要对我的灵魂说：灵魂哪，你有许多财务积存，可作多年的费用，只管安安逸逸地吃喝快乐吧！'上帝却对他说：'无知的人哪，今夜必要你的灵魂；你所预备的要归谁呢？'凡为自己积财，在上帝面前却不富足的，也是这样。"[109]

《新约全书·提摩太前书》("1 Timothy", *The Books of the New Testament*)：

只要有衣有食，就当知足。但那些想要发财的人，就陷在迷惑、落在网罗和许多无知有害的私欲里，叫人沉在败坏和灭亡中。贪财是万恶之根。有人贪恋钱财，就被引诱离了真道，用许多愁苦把自己刺透了[110]。

沉迷于物质财富、欲望没有止境不仅是万恶之源，而且是同敬奉上帝相抵触的。《圣经·新约全书·马太福音》("Matthew", *The Books of the New Testament, Holy Bible*)："耶稣对门徒说：'我实在告诉你们，财主进天国是难的。我又告诉你们，骆驼穿过针的眼，比财主进上帝的国还容易呢！'"[111]"一个人不能事奉两个主；不是恶这个、爱那个，就是重这个、轻那个。你们不能又事奉上帝，又事奉玛门。"[112]"玛门"一词由英语单词"mammon"音译而来。"mammon"是名词，《新牛津英语词典》："玛门，视作偶像或罪恶根源的财富或钱财。"[113]据此，"mammon"与"wealth"大体为同义词，意为"财富；财产；富有；钱财"。富与贵相辅相成、难于分割，故上引《马太福音》训诫之精髓已昭然若揭：贪恋富贵同敬奉上帝之间是水火不容的，一个人若要敬奉上帝，便绝对不可以贪恋富贵。至于因贪恋富贵而干出伤天害理之事则是更令人不能容忍的，这从关于丹麦王子的传说

---

109 《圣经》，新标准修订版、新标准和合本，中国基督教协会，第 121-122 页。

110 《圣经》，新标准修订版、新标准和合本，中国基督教协会，第 346 页。

111 《圣经》，新标准修订版、新标准和合本，中国基督教协会，第 35 页。

112 《圣经》，新标准修订版、新标准和合本，中国基督教协会，第 10 页。

113 原文为："mammon, wealth regarded as an evil influence or false object of worship and devotion." 详见：*The New Oxford Dictionary of English*, edited by Judy Pearsall, Oxford: Oxford University Press, 1998, p.1121.

中可得到印证。据一传说，一位丹麦王子身怀珍宝逃离了战场，栖身藏匿于一家农舍。不料物主贪恋财物，遂将王子狠心杀害。不过，物主并未得到富贵；相反，此后农舍坍塌，谋财害命者遭到了报应。传说是人民群众的口头创作，它融入了他们强烈的主观情感，是传统的价值观的反映。莎士比亚在《雅典的泰门》（*Timon of Athens*，1607）中通过泰门（Timon）的独白对金钱进行了否定：

> 金子？黄黄的、闪光的、宝贵的金子？
>
> ……这东西，只这一点点儿就可以使
>
> 黑变成白，丑变成美，非变成是，
>
> 卑贱变成尊贵，老人变成少年，懦夫变成勇士[114]。

反对贪恋富贵同主张安于贫贱在内涵上是一致的。《圣经·新约全书·雅各书》（"James", *The Books of the New Testament, Holy Bible*）：

> 卑微的弟兄升高，就该喜乐；富足的降卑，也该如此；因为他必要过去，如同草上的花一样。太阳出来，热风刮起，草就枯干，花也凋谢，美容就消没了；那富足的人，在他所行的事上也要这样衰残[115]。

《圣经·新约全书·路加福音》：

> 但你们富足的人有祸了！
>
> 因为你们受过你们的安慰。
>
> 你们饱足的人有祸了！
>
> 因为你们将饥饿[116]。

否定富足同肯定贫穷并不矛盾，《圣经·新约全书·路加福音》：

> 你们贫穷的人有福了！
>
> 因为上帝的国是你们的。
>
> 你们饥饿的人有福了！
>
> 因为你们将要饱足[117]。

在否定富足而肯定贫穷这方面，在西方文化典籍中有实例可寻，《圣经·

---

114 转引自：侯维瑞主编《英国文学通史》，上海：上海外语教育出版社 1999 年版，第 152 页。

115 《圣经》，新标准修订版、新标准和合本，中国基督教协会，第 376 页。

116 《圣经》，新标准修订版、新标准和合本，中国基督教协会，第 105 页。

117 《圣经》，新标准修订版、新标准和合本，中国基督教协会，第 105 页。

新约全书·路加福音》：

> 有一个财主穿着紫色袍和细麻布衣服，天天奢华宴乐。又有一
> 个讨饭的，名叫拉撒路，浑身生疮，被人放在财主门口，要得财主
> 桌子上掉下来的零碎充饥，并且狗来舔他的疮。后来那讨饭的死了，
> 被天使带去放在亚伯拉罕的怀里。财主也死了，并且埋藏了。他在
> 阴间受痛苦，举目远远地望见亚伯拉罕，又望见拉撒路在他怀里，
> 就喊着说："我祖亚伯拉罕哪，可怜我吧！打发拉撒路来，用指头
> 尖蘸点水，凉凉我的舌头；因为我在这火焰里，极其痛苦。"[118]

在英语谚语中，亦有很多类似之论，如："贪财为万恶之源。"[119]"够用
就等于充裕。"[120]"知足犹如不散的筵席。"[121]"满足于现状者必心情舒
畅。"[122]"知足常乐。"[123]罗伯特·彭斯（Robert Burns, 1759-1796）《有人因
为正直而受穷》（"Is There for Honest Poverty"）[124]第 2 节：

> What tho' on hamely fare we dine,
>
> Wear hodden-grey, an' a' that;
>
> Gie fools their silks, and knaves their wine,

---

118 《圣经》，新标准修订版、新标准和合本，中国基督教协会，第 130 页。

119 原谚语为："The love of money is the root of all evil." 参见：盛绍裘、李永芳编《英汉双解英语谚语辞典》，上海：知识出版社 1989 年版，第 429 页。

120 原谚语为："Enough is as good as a feast." 或译："足食犹如筵席。""食不过量。""适可而止。""知足常乐。"参见：盛绍裘、李永芳编《英汉双解英语谚语辞典》，上海：知识出版社 1989 年版，第 108 页。

121 原谚语为："A contented mind is a perpetual (or continual) feast." 或译："知足常乐。"参见：盛绍裘、李永芳编《英汉双解英语谚语辞典》，上海：知识出版社 1989 年版，第 9 页。

122 原谚语为："A contented person is happy with his status quo." 或译："知足常乐。"参见：盛绍裘、李永芳编《英汉双解英语谚语辞典》，上海：知识出版社 1989 年版，第 9 页。

123 原谚语为："You may go farther and fare worse." 或译："走得越远，情况越糟。"参见：盛绍裘、李永芳编《英汉双解英语谚语辞典》，上海：知识出版社 1989 年版，第 501 页。

124 "Is There for Honest Poverty"：关于这首诗歌的标题，目前所见，有两种。一是"Is There for Honest Poverty"，详见：〔英〕彭斯著《彭斯抒情诗选》，袁可嘉译，长沙：湖南文艺出版社 1996 年版，第 52 页。二是"For A' That and A' That"，详见：*Robert Burns: Selected Poems*, London: Penguin Books Ltd.,1996, p.262; *The Norton Anthology of English Literature*, M.H.Abrams, general editor, Sixth Edition, Volume 2, New York: W.W.Norton and Company, 1993, p.96.

A man's a man for a' that.

For a' that, and a' that,

Their tinsel show, and a' that,

The honest man, tho' e'er sae poor,

Is king o' men for a' that[125].

虽然我们吃的是粗饭,

穿的是灰粗呢,这样那样的?

让傻瓜穿绸,恶棍喝酒——

大丈夫是大丈夫,不管这一切。

不管这一切,那一切,

他们的虚饰,这样那样的;

老实人,虽然穷苦之极,

是人中之王,不管这一切[126]。

亨利·戴维·梭罗(Henry David Thoreau, 1817-1862)《瓦尔登湖·经济》:

人们终生忙碌,如同一本古老的书里所说,积累财宝让蛾子咬,

锈迹生,诱引盗贼破门而入,劫掠而去。这是一种傻子的生活,他

们如果不能及早发现,那么活到最后终会发现的确如此[127]。

但是,英国传统文化对富贵之事并未进行彻底的否定,约翰·加尔文(John Calvin, 1509-1564)神学预定论(Predestination)宣称:"财富是上帝预定对它的顺民的赏赐。"[128]加尔文教(Calvinism)认为,工商业活动是上帝神圣的旨意,工商业的成功是上帝恩典的标志。

不过,在英国,反对贪恋富贵、主张安于贫贱的价值观在工业文明的冲击之下极大地动摇了。爱默生《英国特色·财富》:

一个丧失财富的英国人据说会伤心而死。最侮辱人格的字眼就

是,"一个叫花子。"纳尔逊说,"贫穷是我永远无法克服的一种

---

125 *Robert Burns: Selected Poems*, London: Penguin Books Ltd.,1996, p.262.

126 〔英〕彭斯著《彭斯抒情诗选》,袁可嘉译,长沙:湖南文艺出版社 1996 年版,第 53 页。

127 亨利·戴维·梭罗著《瓦尔登湖》,苏福忠译,北京:人民文学出版社 2004 年版,第 4 页。

128 马克思·韦伯《新教伦理与资本主义精神》,于晓、陈维纲译,上海:三联书店 1987 年版,第 100 页。

罪恶。"西德尼·史密斯说，"贫困在英国是可耻的。"[129]

又，爱默生《英国特色·财富》：

> 我最近翻阅伍德的《牛津大学的雅典》，也自然在二百年的牛津
> 学者编年史里寻找另外一个标准。可是同大多数英国书籍中一样，
> 我在这本书里也发现了两种丢脸的事情：一是不忠于教会和国家，
> 二是出身贫穷或中途变穷[130]。

又，爱默生《英国特色·财富》："在英国，只有尊重财富才能和尊重事实平分秋色。"[131]

到 19 世纪，资产阶级拜金主义思潮已弥漫于整个英国社会。鲁迅《文化偏至论》：

> 盖唯物之倾向，固以现实为权舆，浸润人心，久而不止。故在
> 十九世纪，爰为大潮，据地极坚，且被来叶，一若生活本根，舍此
> 将莫有在者。不知纵令物质文明，即现实生活之大本，而崇奉逾度，
> 倾向偏趋，外此诸端，悉弃置而不顾，则按其究竟，必将缘偏颇之
> 恶因，失文明之神旨，先以消耗，终以灭亡，历世精神，不百年而
> 具尽矣。递夫十九世纪后叶，而其弊果益昭，诸凡事物，无不质化，
> 灵明日以亏蚀，旨趣流于平庸，人惟客观之物质世界是趋，而主观
> 之内面精神，乃舍置不之一省。重其外，放其内，取其质，遗其神，
> 林林众生，物欲来蔽，社会憔悴，进步以停，于是一切诈伪罪恶，
> 蔑弗乘之而萌，使性灵之光，愈益就于黯淡：十九世纪文明一面之
> 通弊，盖如此矣[132]。

鲁迅之论是针对西方十九世纪工业文明而发的，其历数之物欲膨胀、拜金横流的社会弊端自然也有英国一份。由此可见，当时英国反对贪恋富贵、主张安于贫贱的价值观之瓦解。

一方面，在华兹华斯所生活的英国，社会中充斥着利欲熏心、物欲横流的

---

129 〔美〕吉欧·波尔泰编《爱默生集》（下），赵一凡、蒲隆、任晓晋、冯建文译，
　　北京：生活·读书·新知三联书店 1993 年版，第 937 页。

130 〔美〕吉欧·波尔泰编《爱默生集》（下），赵一凡、蒲隆、任晓晋、冯建文译，
　　北京：生活·读书·新知三联书店 1993 年版，第 937-938 页。

131 〔美〕吉欧·波尔泰编《爱默生集》（下），赵一凡、蒲隆、任晓晋、冯建文译，
　　北京：生活·读书·新知三联书店 1993 年版，第 938 页。

132 《鲁迅全集》第一卷，北京：人民文学出版社 1981 年版，第 53 页。

人，他们为了聚敛金银财富而不惜绞尽脑汁，为了博取名誉地位而不择手段。另一方面，华兹华斯没有随波逐流，传统的价值观对他的影响还是较大的。相反，他在耳闻目睹当时拜金主义和追逐虚华的不良风气之后深恶痛绝、大声疾呼，《朋友，一想到》（"O Friend, I Know Not Which Way I Must Look"）[133]：

> O Friend! I know not which way I must look
>
> For comfort, being, as I am, opprest,
>
> To think that now our life is only drest
>
> For show; mean handy-work of craftsman, cook,
>
> Or groom! - We must run glittering like a brook
>
> In the open sunshine, or we are unblest:
>
> The wealthiest man among us is the best:
>
> No grandeur now in nature or in book
>
> Delights us. Rapine, avarice, expense,
>
> This is idolatry; and these we adore:
>
> Plain living and high thinking are no more:
>
> The homely beauty of the good old cause
>
> Is gone; our peace, our fearful innocence,
>
> And pure religion breathing household laws[134].

> 朋友，一想到世人的竞逐虚华，
>
> 我真无法驱散胸中的郁闷重重。
>
> 生活似乎只不过为了炫财耀富，
>
> 让工匠、厨子和马夫不亦乐乎。
>
> 我们如果不想一生中迭交恶运，
>
> 像阳光下的溪流，光焰照人。
>
> 用珠玑罗绮点缀门庭，

---

133 "O Friend, I Know Not Which Way I Must Look"：这是华兹华斯《献给民族独立和自由的诗》（*Dedicated to National Independence and Liberty*）第 1 部分（Part I）第 8 首（VIII），题为《1802 年 9 月作于伦敦》（"Written in London, September, 1802"），详见：*The Collected Poetry of William Wordsworth*, Ware: Wordsworth Editions Limited, 1994, p.306. 或许是考虑到这首诗歌的第 1 行是 "O friend, I know not which way I must look"，谢耀文题之为《朋友，一想到》。

134 *The Collected Poetry of William Wordsworth*, Ware: Wordsworth Editions Limited, 1994, pp.306-307.

就有人称你大贤至圣。

自然和卷帙的壮观，不能愉悦心灵，

巧取、豪夺和挥霍，才为人们服膺。

体现纯真教义的家规美俗，

淳风、友善、无邪、俭朴，

以及高洁的志趣品行，

已被抛弃得一干二净[135]。

他认为，物质财富和社会地位同精神的充实和人生的幸福没有必然的联系，它们没有什么价值，《序曲》第九卷《寄居法国》第 215-221 行：

For, born in a poor district, and which yet

Retaineth more of ancient homeliness,

Than any other nook of English ground,

It was my fortune scarcely to have seen,

Through the whole tenor of my school-day time,

The face of one, who, whether boy or man,

Was vested with attention or respect[136]

因为，我出生在贫穷的地区，它依然

保留着古老的朴实，胜过英国

土地上的任何角落，注定我有此

幸运：在整个学童时代，很少

见过有谁仅凭财产或门第

就能享有大家的注意或尊敬，

无论他是学生还是成人[137]；

在他看来，较之物质财富，精神财富更为可贵，《这年月叫唯财是视之辈好惊惶》（"These Times Strike Monied Worldlings with Dismay"）[138]：

---

135 〔英〕华兹华斯著《华兹华斯抒情诗选》，谢耀文译，南京：译林出版社 1991 年版，第 199 页。

136 *The Collected Poetry of William Wordsworth*, Ware: Wordsworth Editions Limited, 1994, pp.712-713.

137 〔英〕威廉·华兹华斯著《序曲》，丁宏为译，北京：中国对外翻译出版公司 1999 年版，第 240 页。

138 "These Times Strike Monied Worldlings with Dismay"：这是华兹华斯《献给民族独立和自由的诗》第 1 部分第 20 首（XX），题为《1803 年 10 月》（"October,

Sound, healthy, children of the God of heaven,

Are cheerful as the rising sun in May.

What do we gather hence but firmer faith

That every gift of noble origin

Is breathed upon by Hope's perpetual breath;

That virtue and the faculties within

Are vital,-and that riches are akin

To fear, to change, to cowardice, and death[139]?

不但要每日不饥不寒，还必须

开拓心灵，保证充裕精神粮食。

可见，我们应有更坚定的信仰：

万贯家财不能把真正幸福酝酿，

却只会带来怯懦、变故和死亡；

内在的经纶美德才是不竭源泉，

任何一种素质，只要纯洁高尚，

都会与美好希望结下不解之缘[140]。

　　华兹华斯在思想上比较轻视富贵而安于贫贱，在行动上表现出了一定的游离性，这是人之常情，不足为怪。一旦他真正超越了功名利禄、物质环境等世俗杂念的羁绊而达到安贫乐道的精神境界，便以冲淡平和的态度对人待己，以超迈旷达的情怀拥抱整个世界。

　　1803"），详见：*The Collected Poetry of William Wordsworth*, Ware: Wordsworth Editions Limited, 1994, p.308. 或许是考虑到这首诗歌的第 1 行是 "These times strike monied worldlings with dismay"，谢耀文题之为《这年月叫唯财是视之辈好惊惶》。

139 *The Collected Poetry of William Wordsworth*, Ware: Wordsworth Editions Limited, 1994, p.308.

140 〔英〕华兹华斯著《华兹华斯抒情诗选》，谢耀文译，南京：译林出版社 1991 年版，第 206 页。

威廉·华兹华斯《序曲》中的"风"意象考究

　　同古今中外其他所有伟大的诗人一样，威廉·华兹华斯（William Wordsworth, 1770-1850）善于在诗歌中营造意象，意象在他的诗歌中得到了广泛的运用。同欧美其他所有浪漫主义时期的诗人一样，华兹华斯对自然意象情有独钟，自然意象在他诗歌中占据了重要的地位。在华兹华斯长诗《序曲或一位诗人心灵的成长》（"The Prelude, or, Growth of a Poet's Mind"）[1]的所有自然意象中，"风"意象十分引人注目，值得深入研究。赵光旭把华兹华斯眼中的自然分成了有形与无形两类，"无形的自然，华兹华斯把她看做精神的象征。在客观的物质存在背后，华兹华斯感到了某种精神的存在。"[2]华兹华斯本人也有论述，《旅途中重游瓦伊河两岸，作于廷腾寺上游数里处》（"Lines Composed A Few Miles above Tintern Abbey, on Revisiting the Banks of the Wye during A Tour"）：

> While with an eye made quiet by the power
>
> Of harmony, and the deep power of joy,
>
> We see into the life of things[3].

1　"The Prelude, or, Growth of a Poet's Mind"：略称"The Prelude"，汉译作"《序曲》"。本文以下用汉译略称。

2　赵光旭著《华兹华斯"化身"诗学研究》，上海：上海大学出版社 2010 年版，第 25 页。

3　*The Collected Poetry of William Wordsworth*, Ware: Wordsworth Editions Limited, 1994, p.206.

    ……万象的和谐与愉悦

    以其深厚的力量，赋予我们

    安详静穆的眼光，凭此，才得以

    洞察物象的生命[4]。

《序曲》第七卷《寄居伦敦》：

    IT is not wholly so to him who looks

    In steadiness, who hath among least things

    An under-sense of greatest; sees the parts

    As parts，but with a feeling of the whole[5].

    ……一个人若善于凝神注视，

    若能在零杂琐细中意识到无上的

    宏伟，或视局部为局部，但同时感觉到

    整体的存在，……[6]

同华兹华斯诗歌中其它自然意象相似的是，《序曲》中的"风"也具有无形的一面，既有对《圣经》文化、希腊罗马神话的继承，又有时代社会、生活经历的拓展，其内涵较为丰富。从内涵来看，《序曲》中的"风"意象可分为四类：给予创作灵感的风，祈求神灵指迷的风，给人以教诲、医治人精神的疾病的风，具有破坏力的风。本文拟从《圣经》着手，兼及希腊罗马神话，结合华兹华斯所处的时代社会与个人生活经历，对《序曲》中的"风"意象进行较为详细的考究。

一、给予创作灵感的风

拉丁语中的"spiritus"意指"气息、风和灵魂"，拉丁语中的"anima"、希腊语中的"pneuma"、西伯莱语中的"ruach"、梵语中的"atman"和阿拉伯语、日语以及其他语言中相应的有关词语也是如此。在神话和宗教中，论及宇宙和人的创造之时，风和呼吸都是基本要素。美国托马

4　〔英〕华兹华斯著《华兹华斯诗歌精选》，杨德豫译，太原：北岳文艺出版社 2000 年版，第 126 页。

5　*The Collected Poetry of William Wordsworth*, Ware: Wordsworth Editions Limited, 1994, p.698.

6　〔英〕威廉·华兹华斯著《序曲》，丁宏为译，北京：中国对外翻译出版公司 1999 年版，第 194 页。

斯·勒纳逊公司（Thomas Nelson Inc.）1977 年版《圣经》（*The Holy Bible*）（以下简称勒纳逊版）中《旧约全书·创世记》（"Genesis", *The Books of the Old Testament*）：

> In the beginning God created the heaven and the earth. And the earth was without form, and void; and darkness was upon the face of the deep. And the Spirit of God moved upon the face of the waters [7].

> 起初，上帝创造了天和地。地是没有形状且空虚的；黑暗位于渊面之上。上帝的灵运行在水面之上。

中国基督教协会（China Christian Council）新标准修订版、新标准和合本《圣经·旧约全书·创世记》（*Holy Bible*）（以下简称协会版）中（"Genesis", *The Books of the Old Testament*）：

> In the beginning when God created the heavens and the earth, the earth was a formless void and darkness covered the face of the deep, while a wind from God swept over the face of the waters[8].

> 起初，上帝创造了天和地，地是没有形状而且空虚的，黑暗掩盖于渊面之上，上帝的风运行在水面之上。

在这二处创世记载中，第一个用了"上帝的灵"（the Spirit of God，"Spirit"亦可译作"精神"），第二个用了"上帝的风"（a wind from God，"wind"亦可译作"呼吸"）。"水面之上"（the face of the waters）实际就是海面之上。可见，在创世之初，上帝的灵魂、或上帝的精神、或上帝的风、或上帝的呼吸是运行于大海之表面的。勒纳逊版《旧约全书·创世记》："And the LORD God formed man of the dust of the ground, and breathed into his nostrils the breath of life; and man became a living soul."[9]（"上帝用地上的泥土造男人，朝他鼻孔中吹进生气，男人就成了活生生的人。"）协会版《旧约全书·创世记》："——then the LORD God formed man from the dust of the ground, and breathed into his nostrils the breath of life; and the man became a living being."[10]

---

7 *The Holy Bible*, Nashville: Thomas Nelson Inc., 1977, p.1.
8 *Holy Bible*, the edition provided by the United Bible Societies, printed by China Christian Council, p.1.
9 *The Holy Bible*, Nashville: Thomas Nelson Inc., 1977, p.1.
10 *Holy Bible*, the edition provided by the United Bible Societies, printed by China Christian Council, p.3.

（"然后上帝就用泥土造人，朝他鼻孔中吹进生气，他就成了活生生的人。"）在上引二处造人记载中，均用了"生气"（the breath of life），"生"即"生命"（life），"气"即"呼吸"（breath）。《旧约全书·约伯记》（"Job", *The Books of the Old Testament*）："Remember that my life is a breath; my eye will never again see good."[11]（"要记住，我的生命是一口气；我的眼睛将永不重见福乐。"）"The spirit of God has made me, and the breath of the Almighty gives me life."[12]（"上帝的灵已创造了我，全能者的气赋予我生命。"）"But truly it is the spirit in a mortal, the breath of the Almighty, that makes for understanding."[13]（"但的确它是人里的灵，全能者的气，这气使人通情达理。"）可见，"生命"与"气"或"呼吸"是联系在一起的，"气"（breath）与"灵"（spirit）也是密切相关的。在《圣经》有关圣父注释中，有一种公认的说法，运动着的空气、上帝的气息、圣灵、人类生命和精神的重生以及《旧约全书》和《新约全书》中预言家的灵感之间是相互联系的，这种联系如不是字面上的，至少在象征层面上是能够成立的。

"风"与"吹气"之间另一层关系可以一眼从"吹气"一词看出，因为"吹气"曾有一层含义是"把风吹入、呼进"，故当一人承受到神圣"所赐的灵感"时，从字面上讲，他是承受到一个神或缪斯的气息和风。按照古典信仰，这种超自然之气息曾使宗教传使和预言诗人受启悟而发幻想之言。勒纳逊版《新约全书·使徒行传》（"The Acts", *The Books of the New Testament*）：

> And suddenly there came a sound from heaven as of a rushing mighty wind, and it filled all the house where they were sitting. And there appeared onto them cloven tongues like as of fire, and it sat upon each of them. And they were all filled with the Holy Ghost, and began to speak with other tongues, as the Spirit gave them utterance [14].

> 忽然，从天上有响声下来，好像一阵强劲的风吹过，这风充满了他们落座的屋子。又有裂开的舌头如火焰显现出来，落在各人的

---

11 *Holy Bible*, the edition provided by the United Bible Societies, printed by China Christian Council, p.766.
12 *Holy Bible*, the edition provided by the United Bible Societies, printed by China Christian Council, p.799.
13 *The Books of the Old Testament, Holy Bible*, the edition provided by the United Bible Societies, printed by China Christian Council, p.798.
14 *The Holy Bible*, Nashville: Thomas Nelson Inc., 1977, p.79.

头上。他们都充满了圣灵，按着圣灵赋予的说话方式说起别样语言的话来。

协会版《新约全书·使徒行传》：

And suddenly from heaven there came a sound like the rush of a violent wind, and it filled the entire house where they were sitting. Divided tongues, as of fire, appeared among them, and a tongue rested on each of them. All of them were filled with the Holy Spirit and began to speak in other tongues, as the Spirit gave them ability[15].

忽然，从天上有像一阵强劲的风的响声传来，它充满了他们落座的整个屋子。裂开的舌头仿佛火焰，显现于他们当中，落在各人的身上。他们所有的人都充满了圣灵，按着圣灵赋予的能力说起别样语言的话来。

这些门徒正聚集在一起，突然刮起"一阵强劲的风"（a rushing mighty wind / the rush of a violent wind），这风带来"圣灵"（the Holy Ghost / the Holy Spirit），这圣灵赋予了他们"说话方式"（utterance）/"能力"（ability），这"说话方式"/"能力"就是灵感。拉尔夫·瓦尔多·爱默生（Ralph Waldo Emerson, 1803-1882）《随笔：第一集·论超灵》（"The Over-Soul", *Essays: First Series*）：

我的话说出来简短而冷淡，只有它本身才能激发它愿意激发的人，看啊！他们的言词一定会像刮起的风一样悦耳动听，响彻千家万户。然而如果我们不可以用神圣的言词，我甚至想以渎神的言词指出这尊神的天堂，报告我从"最高法则"超绝的单纯和力量中搜集到了些什么暗示[16]。

在斯多葛派观念中的万灵之物"灵魂"（拉丁语 pneuma）、"神灵"（拉丁语 spiritus Sacer）、"清风"（拉丁语 anima Mundi）在字面上是一种气息、神气，它们充溢着整个物质世界，也构成每个人的心灵。迈尔·霍华德·艾布拉姆斯（Meyer Howard Abrams, 1912-）[17]认为，在浪漫主义中，自然之魂、宇

---

15 *Holy Bible*, the edition provided by the United Bible Societies, printed by China Christian Council, p.192.

16 〔美〕吉欧·波尔泰编《爱默生集》（上），赵一凡、蒲隆、任晓晋、冯建文译，北京：生活·读书·新知三联书店1993年版，第425-426页。

17 Meyer Howard Abrams：或译"迈尔·霍华德·阿布拉姆斯"。

宙之灵常常保持原始之空气特质，这种特质同人的灵魂以及近似字面意义上的灵感力量是同义所指。珀西·比希·雪莱（Percy Bysshe Shelley, 1792-1822）的《西风颂》（"Ode to the West Wind", 1819 年秋）即是一例。杜维平经过对该诗详细解读后认为，说它是写法国革命的固然很有道理，"然而该诗文本也承载着另一层涵义：雪莱随着年龄的增长才思枯竭，他渴求西风使他灵感再生"[18]。该诗的前三个诗节分别写到了西风对陆地、海洋和天空的威力，西风已被神化，让人想到它就是上帝。第四个诗节的开始用到了虚拟语气，流露了诗人希望受到西风影响的强烈愿望。最后一个诗节表明了诗人愿与西风合二为一以获得神力。在这一诗节，诗人用了很多同灵感和再生相关的词，就连 "The trumpet of a prophecy! O Wind,/If Winter comes, can Spring be far behind?"[19]（"让预言的号角奏鸣！哦，风啊，／如果冬天来了，春天还会远吗？"[20]）两句常被传诵当作革命胜利预言的话也同灵感相关："诗人其实也在呼唤自己灵感的春天，他希望灵感也有季节循环。春天（spring）一词也可以指灵感的源泉。"[21]在雪莱的其它诗歌和散文中，风也一再成为灵感的触发因素和象征。同雪莱一样，塞缪尔·泰勒·柯尔律治（Samuel Taylor Coleridge, 1772-1834）也认为风可给他创作的灵感，这从《风瑟》（"The Eolian Harp"，1795 年 8 月 20 日）中可看出来。他认为，只要天籁有声，风瑟便可奏响，无需强劲的西风而只要温柔的微风就够触动灵感了。在微风的吹拂之下，诗人的大脑进入寂静的状态，便可创作出诗歌来，故微风同西风一样富有智性，既是每个人的灵魂，又是所有人的上帝，《风瑟》：

> And what if all of animated nature
>
> Be but organic Harps diversely framed,
>
> That tremble into thought, as o'er them sweeps
>
> Plastic and vast, one intellectual breeze,

---

18 杜维平《以诗论诗——英国经典浪漫主义诗歌解读》，《外国文学》2003 年第 4 期，第 43 页。

19 Percy Bysshe Shelley, "Ode to the West Wind", *The Norton Anthology of English Literature*, M.H.Abrams, general editor, Sixth Edition, Volume 2, New York: W.W.Norton and Company, 1993, p.678.

20 〔英〕雪莱著《雪莱抒情诗全集》，江枫译，长沙：湖南文艺出版社 1996 年版，第 189 页。

21 杜维平《以诗论诗——英国经典浪漫主义诗歌解读》，《外国文学》2003 年第 4 期，第 44 页。

At once the Soul of each, and God of all[22]?

又何妨把生意盎然的自然界万类

都看作种种有生命的风瑟，颤动着

吐露心思，得力于飒然而来的

心智之风——慈和而广远，既是

各自的灵魂，又是共同的上帝[23]？

艾布拉姆斯认为，在华兹华斯这里，自然之风一经诗之处理，就成了别冬返春时生机盎然、万物复苏以及诗歌灵感复萌之触发因素和外在对应之物。根据阿布拉姆斯在《意象与文学时尚》中的记载，多萝西·华兹华斯（Dorothy Wordsworth, 1771-1855）在谈到风对她兄长的影响时写道："冬天的风最使他赏心悦目。——在我看来，他的心灵在这个季节格外充实。"[24]华兹华斯《序曲》第一卷《引言——幼年与学童时代》第1-4行：

OH THERE is blessing in this gentle breeze,

A visitant that while it fans my cheek

Doth seem half-conscious of the joy it brings

From the green fields, and from yon azure sky[25].

啊，这轻轻的微风中含着祝福——

下凡的仙客，当他吹拂着我的

脸颊，似有意无意地从绿色的田野，

从远方碧蓝的天宇送来欢乐[26]。

据上下文判断，"轻轻的微风"这一意象象征着创作的灵感。丁宏为注释："'轻风'是浪漫主义诗歌中常用的名词，既指很平常的自然现象，又具有丰富的精神含义，在此主要象征内在创造力的产生或复苏。"[27]"第七卷第

---

22 *The Norton Anthology of English Literature*, M.H.Abrams, general editor, Sixth Edition, Volume 2, New York: W.W.Norton and Company, 1993, p.327.

23 〔英〕华兹华斯、柯尔律治著《华兹华斯、柯尔律治诗选》，杨德豫译，北京：人民文学出版社 2001 年版，第 282 页。

24 转引自：汪耀进编《意象批评》，成都：四川文艺出版社 1989 年版，第 199 页。

25 *The Collected Poetry of William Wordsworth*, Ware: Wordsworth Editions Limited, 1994, p.632.

26 〔英〕威廉·华兹华斯著《序曲》，丁宏为译，北京：中国对外翻译出版公司 1999 年版，第 1 页。

27 〔英〕威廉·华兹华斯著《序曲》，丁宏为译，北京：中国对外翻译出版公司 1999 年版，第 26 页。

2 行称本卷第 1-45 行为'欢快的引言'。此引言作用之一是说轻风赋予了灵感。传统的史诗开头时，诗人往往祈求缪斯给予帮助，此处轻风似取代了缪斯的地位。"[28]《序曲》第一卷《引言——幼年与学童时代》第 33-45 行：

> …while the sweet breath of heaven
>
> Was blowing on my body, felt within
>
> A correspondent breeze, that gently moved
>
> With quickening virtue, but is now become
>
> A tempest, a redundant energy,
>
> Vexing its own creation. Thanks to both,
>
> And their congenial powers, that, while they join
>
> In breaking up a long-continued frost,
>
> Bring with them vernal promises, the hope
>
> Of active days urged on by flying hours,
>
> Days of sweet leisure, taxed with patient thought
>
> Abstruse, nor wanting punctual service high,
>
> Matins and vespers of harmonious verse [29]!

> ……当天上芳风不断吹拂着
>
> 我的躯体，我隐隐觉得胸中
>
> 吹起呼应的和风，最初它轻轻地
>
> 移游，来激发生命，现在已成
>
> 风暴，一股强劲的能量，让激生的
>
> 造物像波涛一样汹涌。感谢它们：
>
> 风与风的相通，当它们一起
>
> 暖化持久的冰寒，它们带来了
>
> 春天的希望，那时每天每日
>
> 将充满活力，激励我的是那飞逝的
>
> 时光；那时如意的悠闲中要交纳

---

28 〔英〕威廉·华兹华斯著《序曲》，丁宏为译，北京：中国对外翻译出版公司 1999 年版，第 26 页。

29 *The Collected Poetry of William Wordsworth*, Ware: Wordsworth Editions Limited, 1994, p.632.

深奥的思想，也不忘按时晨祈

晚祷，但吟诵的却是悦耳的诗章[30]！

这里出现了"芳风"、"和风"，它来自天上，亦是灵感之象征。丁宏为分析道："天上的风也指天赐的灵感，它引起内在的呼应，即想象或心智的能力，于是形成巨大的创造能量。"[31]华兹华斯在《序曲》第一卷中认为，风雨是大自然的"Agents"[32]（"代言人"[33]）。《序曲》第五卷《书籍》第595-600行：

···Visionary power

Attends the motions of the viewless winds,

Embodied in the mystery of words:

There, darkness makes abode, and all the host

Of shadowy things work endless changes,——there,

As in a mansion like their proper home,···[34]

······想象的功能随时伺候着

那无声无影的疾风，是神秘的文字

体现这风的灵魂；文字中栖居着

黑夜，一群仙魂鬼影都在

暗中导演着无穷的蜕变，

就像身居自己的家中[35]。

从"想象"、"文字"、"灵魂"等词来看，这里的"疾风"已远非自然意义上之风，而是同文学创作相关的一种意象，它指的是来自上天之灵感。《序曲》第十四卷：

···under whose indulgent skies,

---

30 〔英〕威廉·华兹华斯著《序曲》，丁宏为译，北京：中国对外翻译出版公司1999年版，第2页。

31 〔英〕威廉·华兹华斯著《序曲》，丁宏为译，北京：中国对外翻译出版公司1999年版，第26页。

32 *The Collected Poetry of William Wordsworth*, Ware: Wordsworth Editions Limited, 1994, p.634.

33 〔英〕威廉·华兹华斯著《序曲》，丁宏为译，北京：中国对外翻译出版公司1999年版，第6页。

34 *The Collected Poetry of William Wordsworth*, Ware: Wordsworth Editions Limited, 1994, p.674.

35 〔英〕威廉·华兹华斯著《序曲》，丁宏为译，北京：中国对外翻译出版公司1999年版，第123页。

Upon smooth Quantock's airy ridge we roved

Unchecked, or loitered 'mid her sylvan combs,

Thou in bewitching words, with happy heart,

Didst chaunt the vision of that Ancient Man,

The bright-eyed Mariner and rueful woes

Didst utter of the Lady Christabel;

And I, associate with such labour, steeped

In soft forgetfulness the livelong hours,…[36]

……当时天气

宜人，我们自由地漫步，有时

登上昆托克的峰峦，在习习轻风中

走过平滑的山脊，有时走入

山谷，在茂树浓荫中闲游。你怀着

高昂的兴致，以迷人的语言吟诵着

那苍苍老人的所见——那目光逼人的

老水手；也以悲叹的语调讲述着

克里斯特贝尔女士的故事[37]。

　　这里，"习习轻风"同诗歌"吟诵"是联系在一起的，"轻风"意象象征着创作灵感。可以说，在华兹华斯的诗歌中，风能给予人以创作灵感，"风"是灵感的象征。

二、祈求神灵指迷的风

　　艾布拉姆斯在《意象与文学时尚》一文中谈到浪漫主义诗人代表作中的风时写道：

　　　　风乍起，通常与冬去春来的季节变换相联系，与一个复杂的心理过程相呼应：茕茕不群之后的交流融洽，心灰意懒之后的生活刷新、感情复萌，想象力枯瘠之后的创造力迸发[38]。

---

36 *The Collected Poetry of William Wordsworth*, Ware: Wordsworth Editions Limited, 1994, pp.751-752.

37 〔英〕威廉·华兹华斯著《序曲》，丁宏为译，北京：中国对外翻译出版公司1999年版，第359-360页。

38 汪耀进编《意象批评》，成都：四川文艺出版社1989年版，第195页。

据柯尔律治在《献给华兹华斯》（"To William Wordsworth"）中追忆，1807年，柯尔律治正处于精神低潮之际，华兹华斯把自己完成的代表作读给他听，作品中抒写的是华兹华斯胸中的春风萌动。柯尔律治在聆听之际，突然感到华兹华斯那庄严的声调犹如一股劲风使他震撼，这股劲风就如同《抑郁颂》（"Dejection: An Ode"）中的那股自然之风一样。后期的华兹华斯同约翰·弥尔顿（John Milton, 1608-1674）很相近，常常藉激发诗性的催动生机的微风来祈求神灵之指迷。华兹华斯的想象力曾一度枯瘠，但靠着那些永不磨灭的记忆，他的想象力又重新得到滋养，并且不知不觉地丰腴充实起来。那些永不磨灭的记忆便是他所谓"时间长河中的两个定点"[39]，一个同一个女人相关，"她的衣服被劲风掀起，冉冉飘曳"[40]；一个是"劲风和雪雨"[41]，它们使"那堵旧墙头唱出凄凉萧瑟之歌"[42]。《序曲》第七卷《寄居伦敦》第42-49行：

> The last night's genial feeling overflowed
>
> Upon this morning, and my favourite grove,
>
> Tossing in sunshine its dark boughs aloft,
>
> As if to make the strong wind visible,
>
> Wakes in me agitations like its own,
>
> A spirit friendly to the Poet's task,
>
> Which we will now resume with lively hope[43],

昨夜温润的情感漫及今晨，

阳光下，那片我钟爱的树林在空中

抛着黑沉沉的枝叶，似乎要为

疾风造型——是它呼唤我胸中

这林涛般的情感，一种有助于诗人

---

39 转引自：阿布拉姆斯《意象与文学时尚》，汪耀进编《意象批评》，成都：四川文艺出版社，1989，第203页。

40 转引自：阿布拉姆斯《意象与文学时尚》，汪耀进编《意象批评》，成都：四川文艺出版社，1989，第203-204页。

41 转引自：阿布拉姆斯《意象与文学时尚》，汪耀进编《意象批评》，成都：四川文艺出版社，1989，第204页

42 转引自：阿布拉姆斯《意象与文学时尚》，汪耀进编《意象批评》，成都：四川文艺出版社，1989，第204页。

43 *The Collected Poetry of William Wordsworth*, Ware: Wordsworth Editions Limited, 1994, p.687.

创作的精神，让我重新开始

工作——满怀乐观的憧憬[44]。

上引诗行中的"疾风"意象指的亦非自然景物之风，而是象征着来自上天之神灵指迷。可以说，风同上帝之间有密切的关系，风在华兹华斯的诗歌中有祈求神灵指迷的象征意义。

三、医治精神疾病的风

华兹华斯认为，勒内·笛卡尔（René Descartes, 1596-1650）的二元论和机械论造成了人和自然之间的隔阂。风是运动中的气流，它将人和自然连接了起来。自然界的风不仅是人类呼吸的类比象征，而且当它被人吸入体内后亦同化成呼吸了。轻风柔气一直弥漫渗透到了人类心灵的深处。这样，风把人类的灵魂和自然的精神融合到了一起。在华兹华斯看来，风能给人以教诲，医治人精神的疾病。《序曲》第十二卷《想象力与审美力，如何被削弱又复元》：

> Ye motions of delight, that haunt the sides
>
> Of the green hills; ye breezes and soft airs,
>
> Whose subtle intercourse with breathing flowers,
>
> Feelingly watched, might teach Man's haughty race
>
> How without injury to take, to give
>
> Without offence;···[45]

> 你们，欢乐的气流，青青坡上的
>
> 常客；你们，柔和的轻风，与芬芳的
>
> 百花默契地交流，若观者有情，
>
> 你们能教导傲慢的人类如何
>
> 给予而不冒犯，索取而不
>
> 伤害；……[46]

可以说，在华兹华斯的诗歌中，风能使人类摆脱傲慢与麻木，洗涤灵魂，

---

44 〔英〕威廉·华兹华斯著《序曲》，丁宏为译，北京：中国对外翻译出版公司 1999年版，第 168-169 页。

45 *The Collected Poetry of William Wordsworth*, Ware: Wordsworth Editions Limited, 1994, p.734.

46 〔英〕威廉·华兹华斯著《序曲》，丁宏为译，北京：中国对外翻译出版公司 1999年版，第 311 页。

提升精神境界，"风"的意象有给人类以教诲的意蕴。

四、带来破坏灾难的风

在西方文化中，风也是具有破坏性、毁灭性的，勒纳逊版《旧约全书·列王纪上》（"1 Kings", *The Books of the Old Testament*）：

> And, behold, the LORD passed by, and a great and strong wind rent the mountains, and brake in pieces the rocks before the LORD; but the LORD was not in the wind; and after the wind an earthquake; but the LORD was not in the earthquake. And after the earthquake a fire; but the LORD was not in the fire; and after the fire a still small voice [47].

> 看啊，耶和华经过了，有一阵巨大而强劲的风裂开群山，在耶和华面前劈碎岩石；但耶和华不在其中；大风之后有地震；但耶和华不在其中。地震之后有火焰；但耶和华不在其中；火焰之后有微小的声音。

协会版《旧约全书·列王纪上》（"1 Kings", *The Books of the Old Testament*）：

> Now there was a great wind, so strong that it was splitting mountains and breaking rocks in pieces before the LORD, but the LORD was not in the wind; and after the wind an earthquake, but the LORD was not in the earthquake; and after the earthquake a fire, but the LORD was not in the fire; and after the fire a sound of sheer silence [48].

> 那时有一阵大风出现，它来势强劲，乃至在耶和华面前裂开群山，劈碎岩石，但耶和华不在其中；大风之后有地震，但耶和华不在其中；地震之后有火焰，但耶和华不在其中；火焰之后有微小的声音。

勒纳逊版《旧约全书·约伯记》："He shall not depart out of darkness; the flame shall dry up his branches, and by the breath of his mouth shall he go away." [49]（他将脱不了黑暗；火焰将要把他的枝子烧干，借助于口中的呼吸他将要离开。）协会版《旧约全书·约伯记》："they will not escape from darkness;/the

---

47　*The Holy Bible*, Nashville: Thomas Nelson Inc., 1977, p.234.

48　*Holy Bible*, the edition provided by the United Bible Societies, printed by China Christian Council, p.547.

49　*The Holy Bible*, Nashville: Thomas Nelson Inc., 1977, p.329.

flame will dry up their shoots,/and their blossom will be swept away by the wind."
50（他们将逃不出离黑暗；／火焰将要把他们的苗子烧干，／他们的花朵将要被风刮走。）勒纳逊版《旧约全书·约伯记》："Even as I have seen, they that plow iniquity, and sow wickedness, reap the same./By the blast of God they perish, and by the breath of his nostrils are they consumed." 51（"甚至据我所见，那些耕邪恶、种恶毒的人都同样收割。／上帝一生气，他们便灭亡，上帝的鼻翼一出气，他们便毁灭。"）协会版《旧约全书·约伯记》："As I have seen, those who plow iniquity and sow trouble reap the same./By the breath of God they perish, and by the blast of his anger they are consumed." 52（"据我所见，那些耕邪恶、种动乱的人都同样收割。／上帝一出气，他们便灭亡，上帝一发怒，他们便毁灭。"勒纳逊版《旧约全书·约伯记》：

> And, behold, there came a great wind from the wilderness, and smote the four corners of the house, and it fell upon the young men, and they are dead; and I only am escaped alone to tell thee[53].

> 看吧，突然有狂风从旷野刮来，猛打房屋的四角，房屋倒塌在年轻小伙们身上，他们就都死了；惟有我一人逃脱，来报信给你。

协会版《旧约全书·约伯记》：

> Your sons and daughters were eating and drinking wine in their eldest brother's house, and suddenly a great wind came across the desert, struck the four corners of the house, and it fell on the young people, and they are dead; I alone have escaped to tell you.[54]

> 你的儿女正在他们长兄的家里吃饭喝酒，突然有狂风从荒地刮来，击打房屋的四角，房屋倒塌在年轻人身上，他们就都死了；惟有我一人逃脱，来报信给你。

勒纳逊版《新约全书·使徒行传》（"The Acts", *The Books of the New*

50 *Holy Bible*, the edition provided by the United Bible Societies, printed by China Christian Council, p.777.

51 *The Holy Bible*, Nashville: Thomas Nelson Inc., 1977, p.325.

52 *Holy Bible*, the edition provided by the United Bible Societies, printed by China Christian Council, p.762.

53 *The Holy Bible*, Nashville: Thomas Nelson Inc., 1977, p.324.

54 *Holy Bible*, the edition provided by the United Bible Societies, printed by China Christian Council, p.759.

Testament）："And we being exceedingly tossed with a tempest, the next day they lightened the ship; And the third day we cast out with our own hands the tackling of the ship."[55]（我们受到风波的剧烈摇荡，第二天他们减轻了船上的载荷；到第三天，我们亲手把船上的装备抛弃了。）协会版《新约全书·使徒行传》："We were being pounded by the storm so violently that next day they began to throw the cargo overboard, and on the third day with their own hands they threw the ship's tackle overboard."[56]（我们受到风暴重击，第二天他们开始把货物抛到船外，到第三天，他们又亲手把船上的装备抛弃了。）在希腊罗马神话中，风神们也具有破坏性，是祈求赎罪的象征。艾布拉姆斯认为，浪漫主义的风是一种典型的无拘无束的狂风，即使在它温柔徐和时，也孕含着破坏性暴力的威胁。

《序曲》第十一卷《法国——续完》：

> …for this was more than all——
>
> Not caring if the wind did not now and then
>
> Blow keen upon an eminence that gave
>
> Prospect so large into futurity [57];
>
> ……我干脆
>
> 不在意现实中一阵阵疾风吹撼着
>
> 我所在的高峰，毕竟它让我以那么
>
> 宽广的视野看到未来[58]。

此处之"疾风"指的是法国革命中出现的暴力、血腥等令人失望的势力，它给华兹华斯造成了极大的心理冲击。

《序曲》第十卷《寄居法国——续》：

> In France, the men, who, for their desperate ends,
>
> Had plucked up mercy by the roots, were glad
>
> Of this new enemy. Tyrants, strong before
>
> In wicked pleas, were strong as demons now;

---

55 *The Holy Bible*, Nashville: Thomas Nelson Inc., 1977, p.99.

56 *Holy Bible*, the edition provided by the United Bible Societies, printed by China Christian Council, p.242.

57 *The Collected Poetry of William Wordsworth*, Ware: Wordsworth Editions Limited, 1994, p.729.

58 〔英〕威廉·华兹华斯著《序曲》，丁宏为译，北京：中国对外翻译出版公司 1999 年版，第 295 页。

And thus, on every side beset with foes,

The goaded land waxed mad. The crimes of few

Spread into madness of the many; blasts

From hell came sanctified like airs from heaven [59].

在法国，人们欢迎这新的敌手，

他们为了孤注一掷，已经

根除了心中的仁慈。先前善于

诡辩的暴君，如今都强大如魔鬼。

就这样，四面的敌军使他们群情

激昂，整个国家都变得疯狂。

少数人的罪过扩散成多数人的狂热，

来自地狱的风暴变得神圣，

好像是天堂的和风[60]。

1793 年，第一次反法联盟形成，法国又有了新的敌人。罗伯斯庇尔以对外需要为借口在法国采取了许多极端的做法，挑动了全国的疯狂。"风暴"这一意象是对这一疯狂的形象写照。苏文菁点评说："由于华兹华斯对法国大革命将给人类的新生抱有很大的希望，因而他的失望与幻灭也是与之成正比的。"[61]这一点评是站得住脚的。《序曲》中的"风暴"意象正曲折地反映了华兹华斯对法国大革命的失望与幻灭。

华兹华斯诗歌中的风是很特别的。他认为，人的眼睛是人的感官中最武断的。风无踪无影，看不见但听得到。换言之，风是种无形的力量，只有通过它的威力才能对它进行认识。

在西方文化中，具有破坏力的风同时也蕴涵着新生。在基督教文化中，风和气息具有起死回生之力量，勒纳逊版《旧约全书·以西结书》（"Ezekiel", *The Books of the Old Testament*）：

Then said he onto me, Prophesy onto the wind, prophesy, son of

man, and say to the wind, thus saith the Lord God, Come from the four

---

59 苏文菁著《华兹华斯诗学》，北京：社会科学文献出版社 2000 年版，第 31 页。

60 *The Collected Poetry of William Wordsworth*, Ware: Wordsworth Editions Limited, 1994, p.723.

61 〔英〕威廉·华兹华斯著《序曲》，丁宏为译，北京：中国对外翻译出版公司 1999 年版，第 272 页。

winds, O breath, and breathe upon these slain, that they may live. So I prophesied as he commanded me, and the breath came into them, and they lived, and stood up upon their feet, an exceeding great army [62].

然后，他对我说，人子啊，发预言，向风发预言：上帝耶和华说：气息啊，要从四风而来，吹在这些被杀的人身上，让他们能够复活。我遵循他的指令发预言，气息进入这些骸骨，他们复活了，并且自己用脚站了起来，极大的一支军队。

协会版《旧约全书·以西结书》：

Then he said to me, "Prophesy to the breath, prophesy, mortal, and say to the breath: Thus says the Lord God: Come from the four winds, O breath, and breathe upon these slain, that they may live." I prophesied as he commanded me, and the breath came into them, and they lived, and stood on their feet, a vast multitude [63].

然后，他对我说："人啊，发预言，向气息发预言：主耶和华说：气息啊，要从四风而来，吹在这些被杀的人身上，让他们能够复活。"我遵循他的指令发预言，气息进入这些骸骨，他们复活了，并且自己用脚站了起来，极大的一群人。

这里描述的是上帝在枯骨谷（The Valley of Dry Bones）让死者起死回生的事。"气息"（breath）来自"四风"（the four winds），它使遍及平原的枯干的骸骨"复活"（lived），可见风和气息具有起死回生之力量。

勒纳逊版《新约全书·约翰福音》（"St. John", *The Books of the Old Testament*）：

"The wind bloweth where it listeth, and thou hearest the sound thereof, but canst not tell whence it cometh and whither it goeth: So is every one that is born of the Spirit." [64]（"风顺着它的意吹拂，你可以听见它的声音，但是不能辨别它从而何而来，或到何处去：所以从圣灵中诞生的每一个人均是如此。"）

协会版《新约全书·约翰福音》："The wind blows where it chooses, and you hear the sound of it, but you do not know where it comes from or where it goes. So

---

62　*The Holy Bible*, Nashville: Thomas Nelson Inc., 1977, p.505.

63　*Holy Bible*, the edition provided by the United Bible Societies, printed by China Christian Council, p.1322.

64　*The Holy Bible*, Nashville: Thomas Nelson Inc., 1977, p.62.

it is with everyone who is born of the Spirit."[65] （"风朝着它选择的地方吹拂，你听见它的声音，但是你不知道它从而何而来，或到何处去。所以从圣灵中诞生的每一个人皆是如此。"）

在希腊罗马神话中，风神尤其是西风神不仅具有破坏性，而且也具有一种复活孕新的力量。因此，在上引华兹华斯《序曲》第十一卷、第十卷诗行中，"疾风"、"风暴"意象亦有法国革命将带来新生的含义。

在浪漫主义诗歌中，"风"的意象经常出现，它常常不仅只是自然景物之一部分，而是诗人表达内心情感跌宕起伏之载体，是一个具有丰富内涵的意象："在中世纪天上的神是万物的主宰，到了文艺复兴时期是地上的人主宰万物，而浪漫主义诗人则让介于天和地之间的风统领万物。"[66]由于风在十九世纪初的几十年里的浪漫主义诗歌作品中持续不断地得到了史无前例的运用，由于浪漫主义诗歌中风的运用在神话、宗教和宗教诗中都有大量先例可据，浪漫主义诗人从神话、原始观念中掘取文学素材，并把古代祈祷模式作世俗化的改变，这一事实本身是非浪漫主义诗人所莫属的，因此风"完全可以看成是浪漫主义特有的意象或典型形象"[67]。华兹华斯是浸润在西方文化中的，西方宗教、神话等元素浸透了他的骨髓，这自然在他的诗歌《序曲》中留下痕迹，这从"风"意象中可以得以印证。华兹华斯生活在英国社会由农业文明进入到工业文明的转型时期，对中世纪农业文明时期的乡村生活怀有浓郁的依恋之情，而对于19世纪工业文明时期的都市生活则持有怀疑态度。法国大革命爆发以后，他热情讴歌，大声疾呼，并且亲身奔赴法国参加斗争，但法国大革命中暴露出来的血腥与残暴很快让他失望，他情绪受到极大的打击，心灵受到极大伤害。从法国返回英国后，他离开都市到乡村，隐居于湖畔，潜心反思，从而创作出了《序曲》。他具有同其他浪漫主义诗人相同的宗教、社会、历史、文化等背景，但同时又具有独自的人生信仰、生活经历等，特别需要注意的是，在19世纪欧美浪漫主义诗人中，他是唯一一个亲自参加了法国大革命的。所以《序曲》中的"风"意象既沿用了《圣经》中的"风"意象，又注入了时代

---

65 *Holy Bible*, the edition provided by the United Bible Societies, printed by China Christian Council, p.153.

66 杜维平《以诗论诗——英国经典浪漫主义诗歌解读》，《外国文学》2003年第4期，第43-44页。

67 阿布拉姆斯《意象与文学时尚》，汪耀进编《意象批评》，成都：四川文艺出版社1989年版，第220页。

社会的元素；既有其他浪漫主义诗人所创作诗歌中的"风"的一些共性，又在一定程度上打上了自己的烙印，从而让这一意象格外引人注目。深入理解《序曲》中的"风"意象，有助于深入理解《序曲》这首非凡的诗歌与深入理解华兹华斯这位伟大的诗人。

威廉·华兹华斯诗歌中的
非生物自然意象辨析

威廉·华兹华斯（William Wordsworth, 1770-1850）是英国浪漫主义时期第一代诗人的代表人物，为世界人民留下了许多不朽的诗篇。同其他古今中外伟大的诗人一样，他也善于在诗歌中营造意象，意象在他的诗歌中得到了广泛的运用。在他的诗歌意象中，最独特而有个性的当属自然意象了。自然意象又可分为生物自然意象和非生物自然意象两类，本文仅拟将华兹华斯诗歌中的非生物自然意象作一简单的辨析。自然意象指采撷于自然之中的诸如山、川、草、木、鸟、兽、虫、鱼、风、花、雪、月之类的意象。自然意象在诗歌中的运用非常普遍，《周易·系辞上》："法象莫大乎天地。"[1]朱光潜《文学上的低级趣味（上）：关于作品内容》："人的思想情感和自然的动静消息常交感共鸣。自然界事物常可成为人的内心活动的象征。"[2]非生物自然意象指采撷于自然之中的诸如山、川、草、木、风、花、雪、月之类的没有生命意义的意象。华兹华斯诗歌中的非生物自然意象有很多，主要的有"风"、"云霓"、"河流"、"溪水"、"激流"、"洪水"、"山谷"、"蚁丘"、"坟墓"。其中，"风"的意象虽然至关重要，但是前文已作专题研究，所以本文就略而不论了。

---

1 阮元校刻《十三经注疏》上册，北京：中华书局 1980 版，第 82 页。
2 朱光潜著《谈文学》，合肥：安徽教育出版社 1996 年版，第 26 页。

一、云霓

"云霓"是华兹华斯诗歌中一个重要的非生物自然意象,内涵很丰富。按其含义可分为自由的云、变幻的云、孤独的云、压抑的云、激情的云五种。

（一）自由的云

在华兹华斯有的诗行中,云的意象具有自由、闲适的含义。《序曲》第一卷《引言——幼年与学童时代》第65-70行[3]:

> 'Twas autumn, and a calm and placid day
>
> With warmth, as much as needed, from a sun
>
> Two hours declined towards the west; a day
>
> With silver clouds and sunshine on the grass,
>
> And, in the sheltered and the sheltering grove
>
> A perfect stillness.[4]…

> 时值秋日,天气爽朗而平和,
>
> 太阳西斜已一个时辰,送出的温暖
>
> 正和人意;空中飘着白云,
>
> 草上洒着阳光,枝叶庇护的
>
> 林地庇护着我,四下里一片静寂[5]。

秋高气爽,夕阳西下,白云悠悠,林荫片片,这是一个非常闲适的意境,"白云"（silver clouds）这一意象同后面的"阳光"（sunshine）意象、"草"（grass）意象形成联动,象征着身心的悠闲和精神的自由。《序曲》第一卷《引言——幼年与学童时代》第352-356行:

> Whether her fearless visitings, or those
>
> That came with soft alarm, like hurtless light
>
> Opening the peaceful clouds; or she may use

---

3 这里所引英语原诗第65-70行,共6行,与之对应的是汉语译诗第65-69行,共5行,分别见: *The Collected Poetry of William Wordsworth*, Ware: Wordsworth Editions Limited, 1994, p.633;〔英〕威廉·华兹华斯著《序曲》,丁宏为译,北京:中国对外翻译出版公司1999年版,第3页。

4 *The Collected Poetry of William Wordsworth*, Ware: Wordsworth Editions Limited, 1994, p.633.

5 〔英〕威廉·华兹华斯著《序曲》,丁宏为译,北京:中国对外翻译出版公司1999年版,第3页。

Severer interventions, ministry

More palpable, as best might suit her aim[6].

感谢大自然使用的手段，感谢她

对我垂顾屈尊。她或蔼然

来临，无需畏惧；或引起轻轻的

惊恐，如无痛的光芒开启静憩的

白云；或为达目的她变得严厉，

让我更能感知她的职分[7]。

在上引诗句中，"白云"（clouds）二字之前有"静憩的"（peaceful）几个字充当定语，"白云"意象指示的是自然，它具有恬静、悠闲之含义。《序曲》第八卷《回溯：对大自然的爱引致对人的爱》第 63-69 行：

For all things serve them: them the morning light

Loves, as it glistens on the silent rocks;

And them the silent rocks, which now from high

Look down upon them; the reposing clouds;

The lurking brooks from their invisible haunts;

And old Helvellyn, conscious of the stir

Which animates this day their calm abode[8].

……安恬的

山岩上闪耀的晨曦向他们投来

慈爱；山岩也充满爱意，从高处

俯首关怀；还有静憩的白云、

隐蔽处那些山溪的绵绵不绝的

交谈，以及海尔芙琳——虽苍老，

却倾听着这歌声唤醒静默的乡邻[9]。

6　*The Collected Poetry of William Wordsworth*, Ware: Wordsworth Editions Limited, 1994, p.637.

7　〔英〕威廉·华兹华斯著《序曲》，丁宏为译，北京：中国对外翻译出版公司 1999 年版，第 14 页。

8　*The Collected Poetry of William Wordsworth*, Ware: Wordsworth Editions Limited, 1994, p.700.

9　〔英〕威廉·华兹华斯著《序曲》，丁宏为译，北京：中国对外翻译出版公司 1999 年版，第 204 页。

在上引诗句中，"白云"（clouds）之前也有"静憩的"（reposing）充当定语，"白云"意象指示的是海尔芙琳（Helvellyn）居民的生活，也具有安恬、自由之含义。

（二）变幻的云

在西方文化中，云有变幻、消逝之义，《圣经·旧约全书·约伯记》（"Job", *The Books of the Old Testament, The Holy Bible*）：

> 惊恐降到我，
>
> 驱逐我的尊荣如风；
>
> 我的福禄如云过去[10]。

在华兹华斯有的诗行中，云的意象具有消逝、变幻之义。《序曲》第五卷《书籍》第 7-8 行：

> Cloud-like it mounts, or touched with light divine
>
> Doth melt away; but for those palms achieved,[11]
>
> …
>
> 虽然沉重，却如云雾飘去，
>
> 或被神圣的光芒驱散——[12]

华兹华斯在这里谈论的是人类所遭受的苦难，他希望人类能尽快摆脱它。"云"（cloud）的意象具有消逝的含义，在此用得恰到好处，充分表达了他的愿望。《序曲》第六卷《剑桥与阿尔卑斯山脉》第 490-494 行：

> That variegated journey step by step;
>
> A march it was of military speed,
>
> And Earth did change her images and forms
>
> Before us fast as clouds are changed in heaven.
>
> Day after day, up early and down late,[13]
>
> …

---

10 《圣经》，新标准修订版、新标准和合版，中国基督教协会，第 794 页。

11 *The Collected Poetry of William Wordsworth*, Ware: Wordsworth Editions Limited, 1994, p.665.

12 〔英〕威廉·华兹华斯著《序曲》，丁宏为译，北京：中国对外翻译出版公司 1999 年版，第 101 页。

13 *The Collected Poetry of William Wordsworth*, Ware: Wordsworth Editions Limited, 1994, p.682.

> ……我们并未
>
> 延迟，脚步之快有如军队的
>
> 行进，大地也在我们眼前
>
> 变换着她的形象与景色，如天上
>
> 快变的云朵[14]。

这里描述的是他同友人徒步旅游欧洲时的情景，"云"（clouds）前有"快变的"（fast as）修饰语，"快变的云朵"（fast as clouds）意象具有不断变化、难于捉摸之意，是他对天气这一自然现象瞬息即变心理印象之自白。《罗布·罗伊之墓》（"Rob Roy's Grave"，1805年或1806年）：

> I, too, will have my kings that take
>
> From me the sign of life and death:
>
> Kingdoms shall shift about, like clouds,
>
> Obedient to my breath.[15]
>
> 由我来统辖各国的君王，
>
> 生杀予夺都听我指示；
>
> 让王国像浮云一样变换，
>
> 服从于我的意旨。[16]

这是关于罗布·罗伊的一个语言片断，其中出现的"像浮云一样"（like clouds）意象传达出了不断变化、难于测捉之意，这是对罗布·罗伊雄心壮志的生动描写。

（三）孤独的云

在华兹华斯有的诗行中，云的意象具有孤独、寂寞之义。《水仙》（"The Daffodils", 1804）第1节：

> I wandered lonely as a cloud
>
> That floats on high o'er vales and hills,
>
> When all at once I saw a crowd,

14　〔英〕威廉·华兹华斯著《序曲》，丁宏为译，北京：中国对外翻译出版公司1999年版，第148页。

15　*The Collected Poetry of William Wordsworth*, Ware: Wordsworth Editions Limited, 1994, p.290.

16　〔英〕华兹华斯著《华兹华斯诗歌精选》，杨德豫译，太原：北岳文艺出版社2000年版，第170页。

A host, of golden daffodils;

Beside the lake, beneath the trees,

Fluttering and dancing in the breeze[17].

我独自漫游，像山谷上空

悠悠飘过的一朵云霓，

蓦然举目，我望见一丛

金黄的水仙，缤纷茂密；

在湖水之滨，树荫之下，

正随风摇曳，舞姿潇洒[18]。

诗中人独自漫游，郁郁寡欢，又如一朵"云霓"（a cloud），孤独地飘荡于天空，云之意象是他孤独心境之象征。《序曲》第一卷《引言——幼年与学童时代》第 16-18 行：

I look about; and should the chosen guide

Be nothing better than a wandering cloud,

I cannot miss my way. I breathe again[19]！

……倘若选定的

向导仅是一朵飘游的孤云，

我就能知道去向。终得喘息[20]！

这里的"孤云"（a wandering cloud）的意思是"飘忽不定的云"，斯乃华兹华斯自喻，有孤独、寂寞之义。

（四）压抑的云

在华兹华斯有的诗行中，云的意象具有压抑、不快、痛苦之义。《序曲》第三卷《寄宿剑桥》第 1-6 行：

It was a dreary morning when the wheels

---

17 *The Collected Poetry of William Wordsworth*, Ware: Wordsworth Editions Limited, 1994, p.187.

18 〔英〕华兹华斯著《华兹华斯诗歌精选》，杨德豫译，太原：北岳文艺出版社 2000 年版，第 94 页。

19 *The Collected Poetry of William Wordsworth*, Ware: Wordsworth Editions Limited, 1994, p.632.

20 〔英〕威廉·华兹华斯著《序曲》，丁宏为译，北京：中国对外翻译出版公司 1999 年版，第 1 页。

Rolled over a wide plain o'erhung with clouds,

And nothing cheered our way till first we saw

The long-roofed chapel of King's College lift

Turrets and pinnacles in answering files,

Extended high above a dusky grove[21].

那是个凄凉的早晨，车轮在乌云

笼罩的平野上滚动，一路上我们

无精打采，直至见国王学院的

长形礼拜堂从一片昏暗的树林中

徐徐托出它的塔楼与尖顶，

它们纵列成行，相互呼应[22]。

英语中"clouds"是一般意义上的"云"，本无"乌"义，此处之"乌云"乃是《序曲》翻译者丁宏伟根据上下文意译而出，反映了华兹华斯在剑桥大学求学期间的压抑心情。

华兹华斯进入剑桥大学之后感到并不得意，颇感郁闷，这从《序曲》中可以找到相关一些记载，下面仅摘取 3 个片段。第三卷《寄宿剑桥》第 81-82 行：

A feeling that I was not for that hour,

Nor for that place[23].

似乎在错误的时间

来到错误的地方[24]。

第三卷《寄宿剑桥》第 521-527 行：

Within a world, a midway residence

With all its intervenient imagery,

Did better suit my visionary mind,

---

21 *The Collected Poetry of William Wordsworth*, Ware: Wordsworth Editions Limited, 1994, p.649.

22 〔英〕威廉·华兹华斯著《序曲》，丁宏为译，北京：中国对外翻译出版公司 1999 年版，第 53 页。

23 *The Collected Poetry of William Wordsworth*, Ware: Wordsworth Editions Limited, 1994, p.650.

24 〔英〕威廉·华兹华斯著《序曲》，丁宏为译，北京：中国对外翻译出版公司 1999 年版，第 56 页。

Far better, than to have been bolted forth,

Thrust out abruptly into Fortune's way

Among the conflicts of substantial life;[25]

…

曾经

一个单纯的少年，无忧无虑，

无拘无束地游荡，如今来到

一处似像非像人世间的地方，

世界之中的一个特权世界，一个

具有一切中间景象的中途

住所[26]。

第三卷《寄宿剑桥》第 364-368 行[27]：

Not that I slighted books,-that were to lack

All sense-but other passions in me ruled,

Passions more fervent, making me less prompt

To indoor study than was wise or well,

Or suited to those years[28].

……我并非轻蔑

书本，那等于丧失理智，而是

臣服其他的追求——更热烈的追求，

它让我在功课上适可而止，不会

过分埋头苦读[29]。

---

25 *The Collected Poetry of William Wordsworth*, Ware: Wordsworth Editions Limited, 1994, p.656.

26 〔英〕威廉·华兹华斯著《序曲》，丁宏为译，北京：中国对外翻译出版公司 1999 年版，第 72 页。

27 英语原诗标识为第 364-368 行，汉语译诗标识为第 368-372 行，分别见：*The Collected Poetry of William Wordsworth*, Ware: Wordsworth Editions Limited, 1994, p.654；〔英〕威廉·华兹华斯著《序曲》，丁宏为译，北京：中国对外翻译出版公司 1999 年版，第 66-67 页。这里以英语原诗为准，标识作 368-372 行。

28 *The Collected Poetry of William Wordsworth*, Ware: Wordsworth Editions Limited, 1994, p.654.

29 〔英〕威廉·华兹华斯著《序曲》，丁宏为译，北京：中国对外翻译出版公司 1999 年版，第 66-67 页。

前引《序曲》第三卷《寄宿剑桥》诗句中的"乌云"意象的内涵是同他的这三个片段提及的生活经历有关的。滚动的乌云意味着阴沉的天气，阴沉的天气常给人带来抑郁的心情，故乌云意象传达出的是他在这段学习生涯中所经历的阴沉和不快的情绪。

《序曲》第八卷《回溯：对大自然的爱引致对人的爱》第10-17行：

And here and there a stranger interspersed.

They hold a rustic fair - a festival,

Such as, on this side now, and now on that,

Repeated through his tributary vales,

Helvellyn, in the silence of his rest,

Sees annually, if clouds towards either ocean

Blown from their favourite resting-place, or mists

Dissolved, have left him an unshrouded head[30].

……他们举办的

是个乡间集市，是一次欢聚；

如果霏雾散去，乌云也从这

舒适的栖息地飘向东方或西面的

海洋，不再笼罩海尔芙琳的

额头，那么——今秋在他这边的

坡下，明年在那侧的谷中——每年

他都会在宁静中见到这快乐的人群[31]。

英国湖区山野海尔芙琳的人民每年9月初都要举行一次格拉斯米尔乡集，每到这个时候，在这里都能看到欢乐的人群。乌云让人感到抑郁，让赶集人群的欢乐失色。上引诗行中的"乌云"（clouds）也非直译，而是揣摩当时语境意译而出，它同下一行的"霏雾"（mists）相呼应，表示的是海尔芙琳人民压抑和不快的情绪。

《序曲》第十卷《寄居法国——续》第12-30行：

The King had fallen, and that invading host-

30 *The Collected Poetry of William Wordsworth*, Ware: Wordsworth Editions Limited, 1994, p.699.

31 〔英〕威廉·华兹华斯著《序曲》，丁宏为译，北京：中国对外翻译出版公司1999年版，第202页。

Presumptuous cloud, on whose black front was written

The tender mercies of the dismal wind

That bore it-on the plains of Liberty

Had burst innocuous. Say in bolder words,

They-who had come elate as eastern hunters

Banded beneath the Great Mogul, when he

Erewhile went forth from Agra or Lahore,

Rajahs and Omrahs in his train, intent

To drive their prey enclosed within a ring

Wide as a province, but, the signal given,

Before the point of the life-threatening spear

Narrowing itself by moments-they, rash men,

Had seen the anticipated quarry turned

Into avengers, from whose wrath they fled

In terror. Disappointment and dismay

Remained for all whose fancies had run wild

With evil expectations; confidence

And perfect triumph for the better cause[32].

国王已被废黜，蜂拥而来的

入侵者曾闯入这自由的土地，却无害

而归；本是一群胆大妄为之众，

如乌云压境，但驱其而来的凄风

却将慈悲写上云端。说得

夸张些，他们乘兴而来，如莫卧儿皇帝

召集的东方猎手；他启程于亚格拉

或拉合尔，随从中尽是贵族王公。

他们要将猎物赶进围场，

开始时猎境大若一省，随信号

发出，快速缩小，杀生的长矛

---

32 *The Collected Poetry of William Wordsworth*, Ware: Wordsworth Editions Limited, 1994, p.718.

一步步逼近，但是突然间，他们——

这群急性的人们——看见即将

到手的猎物全部变成复仇者，

于是仓皇回逃，以摆脱对手的

盛怒。对于那些所有恶念

焚心的人们留给他们的永远是

失望与沮丧，而属于正义事业的

永远是十足的信心与大获全胜[33]。

1792 年 8 月 10 日，路易十六遭到囚禁。九天后，奥地利与普鲁士的军队入侵法国。1792 年 9 月 20 日，奥地利与普鲁士的军队在瓦尔米市一带的战场上遭受重大失败，被迫无功而返，可谓乘兴而来，惨败而回归。诗句中的"乌云"（Presumptuous cloud）的内涵是"自以为是的云"，这一意象指的就是入侵法国的奥地利与普鲁士的侵略军，这个意象的运用表示了对侵略军的厌恶、谴责、鞭挞，也对法国人民抗击侵略的坚决、英勇、顽强的精神予以了歌颂。

（五）激情的云

华兹华斯诗歌中的云意象有时候亦可象征蕴含着创作激情的云，有文学创作激情的源泉之喻。《序曲》第七卷《寄居伦敦》第 5-8 行：

Aloud, with fervour irresistble

Of short-lived transport, like a torrent bursting,

From a black thunder-cloud down Scafell's side

To rush and disappear. But soon broke forth[34]

当时放声高歌，抑不住的

激情虽疯狂，却短暂，如泻自乌云的

暴雨，冲下斯加菲尔的陡坡，

消失于瞬间[35]。

很明显，这里用"雷"（thunder）与"云"（cloud）构成了一个合成词

---

33 〔英〕威廉·华兹华斯著《序曲》，丁宏为译，北京：中国对外翻译出版公司 1999 年版，第 260-261 页。

34 *The Collected Poetry of William Wordsworth*, Ware: Wordsworth Editions Limited, 1994, p.687.

35 〔英〕威廉·华兹华斯著，《序曲》，丁宏为译，北京：中国对外翻译出版公司 1999 年版，第 167 页。

"雷暴云"（thunder-cloud），以此构建出了一个特殊的云意象。"雷暴云"的本意是蕴含着力量、激情的云，象征义是文学创作强烈激情的源泉。

二、河流

华兹华斯诗歌中构建了"河流"意象。在《序曲》第一卷《引言——幼年与学童时代》开卷不久，这样的意象就出现了，试看第 27-30 行：

> Are mine in prospect; whither shall I turn,
>
> By road or pathway, or through trackless field,
>
> Up hill or down, or shall some floating thing
>
> Upon the river point me out my course[36]?

> ……我将去何方？沿通途
>
> 还是小径，或穿过没有足迹的
>
> 原野，走上山丘或步入幽谷，
>
> 或让河上的漂物指引航程[37]？

这里出现了"河流"（the river）意象，至于其象征意义，丁宏为在译诗注释中有明确的说明："河流的形象在诗中反复出现，主要象征心灵的历程或追溯心灵历程的长诗。"[38]《序曲》第二卷《学童时代（续）》第 208-210 行：

> Who that shall point as with a wand and say
>
> "This portion of the river of my mind
>
> Came from yon fountain?"[39]

> 谁能挥着手杖，
>
> 指出"我心灵之长河的这一段源自
>
> 那方的泉水？"[40]

---

36 *The Collected Poetry of William Wordsworth*, Ware: Wordsworth Editions Limited, 1994, p.632.

37 〔英〕威廉·华兹华斯著《序曲》，丁宏为译，北京：中国对外翻译出版公司 1999 年版，第 2 页。

38 〔英〕威廉·华兹华斯著《序曲》，丁宏为译，北京：中国对外翻译出版公司 1999 年版，第 26 页。

39 *The Collected Poetry of William Wordsworth*, Ware: Wordsworth Editions Limited, 1994, p.645.

40 〔英〕威廉·华兹华斯著《序曲》，丁宏为译，北京：中国对外翻译出版公司 1999 年版，第 38-39 页。

这里，又建构了"河流"（the river）意象，丁宏为将之译作"长河"。针对此处之"长河"意象，丁宏为注释道："河流作为心灵的形象又一例。"[41]《序曲》第九卷《寄居法国》第1-8行：

> Even as a river, - partly (it might seem)
>
> Yielding to old remembrances, and swayed
>
> In part by fear to shape a way direct,
>
> That would engulph him soon in the ravenous sea-
>
> Turns, and will measure back his course, far back,
>
> Seeking the very regions which he crossed
>
> In his first outset; so have we, my Friend!
>
> Turned and returned with intricate delay[42].

> 就像一条长河折返回溯，
>
> 重历他的行程，直至觅见
>
> 最初流经的地域——（似乎是）因为
>
> 屈服于对旧日的回忆，也由于恐惧的
>
> 支配，怕直线的路途会使他过早地
>
> 没入汹涌的大海——我们，我的
>
> 朋友！我们也一直在回还，重溯，
>
> 造成盘桓缠绕的拖延[43]。

至于这里的"河流"（a river）意象，丁宏为的注释是，"河流"意象"代表着追随心灵的长诗"[44]，"以长河象征诗人的写作过程，将这部长诗的结构特点告诉读者"[45]。《序曲》第十四卷《结尾》第193-205行：

> This faculty hath been the feeding source

---

41 〔英〕威廉·华兹华斯著《序曲》，丁宏为译，北京：中国对外翻译出版公司1999年版，第50页。

42 *The Collected Poetry of William Wordsworth*, Ware: Wordsworth Editions Limited, 1994, p.709.

43 〔英〕威廉·华兹华斯著《序曲》，丁宏为译，北京：中国对外翻译出版公司1999年版，第232页。

44 〔英〕威廉·华兹华斯著《序曲》，丁宏为译，北京：中国对外翻译出版公司1999年版，第50页。

45 〔英〕威廉·华兹华斯著《序曲》，丁宏为译，北京：中国对外翻译出版公司1999年版，第254页。

Of our long labour: we have traced the stream

From the blind cavern whence is faintly heard

Its natal murmur; followed it to light

And open day; accompanied its course

Among the ways of Nature, for a time

Lost sight of it bewildered and engulphed:

Then given it greeting as it rose once more

In strength, reflecting from its placid breast

The works of man and face of human life;

And lastly, from its progress have we drawn

Faith in life endless, the sustaining thought

Of human Being, Eternity, and God[46].

……我们追溯了

这条长河，回到那幽暗的洞穴，

听那里隐隐传出它初生时的淙淙

语声，然后随它流入旷宇，

见到天日，在大自然的经纬中，认准

它的行程，但是一时间它误入

歧途，被蚀海吞没，我的视野内

失去它的身影，后又欢贺它

重新涌起，以平和的胸怀映现

人类的作为和人间的面容；

最后，其进程让我始信永世的

生命，这是将永恒、上帝、现世的

人生维系在一起的可倚靠的思想[47]。

华兹华斯在这里用到了一个"溪"／"小河"（the stream）意象，丁宏为将"the stream"译作"这条长河"，似欠佳。从翻译的角度看，"长河"

---

46 *The Collected Poetry of William Wordsworth*, Ware: Wordsworth Editions Limited, 1994, p.749.

47 〔英〕威廉·华兹华斯著《序曲》，丁宏为译，北京：中国对外翻译出版公司 1999 年版，第 352 页。

不及于"小河"。当然，"小河"亦系河流之属。关于这个意象，丁宏为的注释是："此处再用河流的形象，有总结的意味。"[48]这个注释是讲得通的。在华兹华斯之后的英国文学作品中，也有继承这一意象传统把人生比喻成河流的，其中，最为著名的莫过伯特兰·阿瑟·威廉·罗素（Bertrand Arthur William Russell, 1872-1970）《如何面对衰老》（"How to Grow Old"）中的运用了：

> An individual human existence should be like a river-small at first, narrowly contained within its banks, and rushing passionately past rocks and over waterfalls. Gradually the river grows wider, the banks recede, the waters flow more quietly, and in the end, without any visible break, they become merged in the sea, and painlessly lose their individual being.

> 每个人的生存都会像河流一样——起初，细流涓涓，受限于狭窄的两岸。接着，河水汹涌澎拜地冲过巨石，飞下高瀑。渐渐地，河道变宽，河岸后退，河水更加平静。最后，河水注入大海，没有明显的中断，毫无痛苦地结束自身的存在。

这篇文章使用了"河流"（a river）意象，把人出生、成长、老死的一生比喻成河流的起源、发展、入海的流程，简单、形象、生动、贴切，较之华兹华斯"河流"意象的运用，罗素的艺术手法可谓更胜一筹，这不得不令人赞叹、佩服。

三、溪水

在华兹华斯诗歌中，溪水意象的内涵较为丰富。按其含义可分为舒缓创作灵感的溪水、纯洁的溪水、自由的溪水三种。

（一）纯洁的溪水

《序曲》第四卷《暑假》第 222-227 行：

> Wore in old time. Her smooth domestic life,
> Affectionate without disquietude,
> Her talk, her business, pleased me; and no less
> Her clear though shallow stream of piety

---

48 〔英〕威廉·华兹华斯著《序曲》，丁宏为译，北京：中国对外翻译出版公司 1999 年版，第 365 页。

That ran on Sabbath days a fresher course;

With thoughts unfelt till now I saw her read[49]

> ……我喜欢她的
>
> 家居生活，充满情感，却无
>
> 愁痕，还有她的言谈、她的
>
> 经营；也同样喜欢她的虔诚，
>
> 虽不深沉，但明如溪水，周末时
>
> 更显清纯[50]。

霍克斯海德学校无宿舍，华兹华斯兄弟在该校读书时，住在村庄之中，房东安·泰森（Ann Tyson）是位白发苍苍的老太太。溪水是自然的，它自由、清澈、柔和，华兹华斯通过"溪水"（her clear though shallow stream of piety）这一意象对泰森纯洁、友好、善良的人格进行了赞扬。

（二）自由的溪水

《序曲》第四卷《暑假》第50-56行：

Nor that unruly child of mountain birth,

The forward brook, who, soon as he was boxed

Within our garden, found himself at once,

As if by trick insidious and unkind,

Stripped of his voice and left to dimple down

(Without an effort and without a will)

A channel paved by man's officious care[51].

> 还有那任性的溪水，放荡不羁，
>
> 像野性的少年，在山里长成，但自从
>
> 截在我们的院中，很快便失去
>
> 欢声笑语，只沿着好事者修建的
>
> 平滑石槽缓缓流淌（任人

---

49 *The Collected Poetry of William Wordsworth*, Ware: Wordsworth Editions Limited, 1994, p.661.

50 〔英〕威廉·华兹华斯著《序曲》，丁宏为译，北京：中国对外翻译出版公司 1999 年版，第 89 页。

51 *The Collected Poetry of William Wordsworth*, Ware: Wordsworth Editions Limited, 1994, p.659.

摆布，全无自己的意愿），像受到

恶意的安排，或中了阴险的诡计[52]。

从上下文来判断，"溪水"（the forward brook）的含义已非常清楚：它象征着天性纯洁、热爱自由、行为野犷甚至放荡不羁的少年，是少年华兹华斯之自指。

（三）舒缓创作灵感的溪水

《序曲》第七卷《寄居伦敦》第 8-12 行：

···But soon broke forth

(So willed the Muse) a less impetuous stream,

That flowed awhile with unabating strength,

Then stopped for years; not audible again

Before last primrose-time. Belovèd Friend[53]!

······很快（依照缪斯的

意志），一股较为舒缓的溪流

涌出，以稳定的势头持续一阵，

然后止息数年，今春樱草

盛开时才又起波澜[54]。

华兹华斯在 1799 年 11 月很快完成《序曲》引言后，创作激情陡然消失。随后灵感重新出现，舒缓而平稳。自然现象中的溪流一般来势平平、奔流舒缓，但它细水长流、天长日久，文学创作者的灵感与此相似。上引诗行中出现的"溪流"（a less impetuous stream）意象指的就是这一和风细雨而又比较持久的创作灵感。

四、激流

华兹华斯诗作中的激流意象可以喻指文学创作的激情。再看前面讨论过的《序曲》第七卷《寄居伦敦》第 5-8 行：

---

52 〔英〕威廉·华兹华斯著《序曲》，丁宏为译，北京：中国对外翻译出版公司 1999 年版，第 83 页。

53 *The Collected Poetry of William Wordsworth*, Ware: Wordsworth Editions Limited, 1994, p.687.

54 〔英〕威廉·华兹华斯著《序曲》，丁宏为译，北京：中国对外翻译出版公司 1999 年版，第 167 页。

Aloud, with fervour irresistble

Of short-lived transport, like a torrent bursting,

From a black thunder-cloud down Scafell's side

To rush and disappear. But soon broke forth

当时放声高歌，抑不住的

激情虽疯狂，却短暂，如泻自乌云的

暴雨，冲下斯加菲尔的陡坡，

消失于瞬间。

　　前面已经讨论，这里的"雷暴云"（thunder-cloud）是文学创作激情的源泉之喻。丁宏伟将"torrent"译作"暴雨"，疑有失精准。《新牛津英语词典》（*A New Dictionary of Oxford English*）对"torrent"一词的解释是：

torrent ▶noun a strong ang fast-moving stream of water or other liquid: rain poured down in torrents/after the winter rains, the stream becomes a raging torrent.

■(a torrent of/torrents of) a sudden, violent, and copious outpouring of (something typically words or feelings): she was subjected to a torrent of abuse.

-ORIGIN late 16th cent: from French, from Italian torrente, from Latin torrent-"boiling, roaring", from torrere "parch, scorch"[55].

　　这样看来，将"torrent"译作"激流"，似乎更加正确一些。雷暴云在适当天气条件的催生下，就会转化为暴雨，而暴雨则会进一步造就激流。如果说雷暴云是势能的话，那么暴雨、激流就是动能了，从动能的强度来看，激流大于暴雨。在华兹华斯此处诗句里，"激流"成为文学创作灵感的激情，其特征可以从"激流"这个词前后同它相关的几个修饰语中看出一二来，前面有"热烈"（fervour）、"抑不住的"（irresistble）、"短暂"（short-lived），后面有"迸发"（bursting）、"冲下"（rush）、"消失"（disappear）、"很快"（soon）和"爆发"（broke forth）。1799年11月，华兹华斯几近疯狂地、一气呵成地写成了《序曲》中欢快的引言即第一卷第1-45行，随后，其创作有较长时间的停留。上引诗行中出现的激流意象所喻示的就是诗歌创作状况的

---

55 *The New Oxford Dictionary of English*, edited by Judy Pearsall, Shanghai: Shanghai Foreign Language Education Press, 2001, p.1956.

生动写照。

无独有偶，在《序曲》其他地方，也有以"风暴"比喻强烈创作灵感的，第一卷第33-38行：

> For I, methought, while the sweet breath of heaven
>
> Was blowing on my body, felt within
>
> A correspondent breeze, that gently moved
>
> With quickening virtue, but is now become
>
> A tempest, a redundant energy,
>
> Vexing its own creation[56].
>
> ……当天上芳风不断吹拂着
>
> 我的躯体，我隐隐觉得胸中
>
> 吹起呼应的和风，最初它轻轻地
>
> 移游，来激发生命，现在已成
>
> 风暴，一股强劲的能量，让激生的
>
> 造物像波涛一样汹涌。

诗行中出现了"风暴"（a tempest）意象，后面还有"一股强劲的能量"（a redundant energy）、"让激生的／造物像波涛一样汹涌"（Vexing its own creation）等语加以说明，可见这个风暴的能量是十分巨大的，这一意象指创作灵感是非常丰富的。

五、洪水

华兹华斯诗歌中不时出现"洪水"意象。《序曲》第五卷《书籍》第91-98行：

> In colour so resplendent, with command
>
> That I should hold it to my ear. I did so,
>
> And heard that instant in an unknown tongue,
>
> Which yet I understood, articulate sounds,
>
> A loud prophetic blast of harmony;
>
> An Ode, in passion uttered, which foretold

---

56 *The Collected Poetry of William Wordsworth*, Ware: Wordsworth Editions Limited, 1994, p.632.

Destruction to the children of the earth

By deluge, now at hand. No sooner ceased[57]

……我按他的

要求将海贝托向耳边，立即

听见清晰的声音，一种巨大的、

预言性的和声，是完全陌生的语言，

却不知为何我听懂了它的内涵；

是激情中吟出的歌赋，预言大洪水

将淹没地球的孩子，而且是即至的

灾难[58]。

　　华兹华斯在这里描述的是自己的一个梦幻，梦中出现了大洪水的意象。据《圣经·旧约全书·创始记》（"Genesis", *The Books of the Old Testament, The Holy Bible*）记载，上帝在创造人类后很快发现人类作恶太多，于是发"大洪水"（The Great Flood）[59]毁灭了他们，只留下了义人挪亚（Noah）一家。显然，上引《序曲》诗句中"大洪水"（deluge）的意象化出于《圣经》，它预示着即将来临的法国革命，而从"大洪水"起顺数第二诗行中的"灾难"暗示的即是法国革命将给人类带来的灾难。

　　《序曲》第五卷《书籍》第 135-138 行描述一个兼有塞万提斯笔下骑士和阿拉伯人双重身份的梦幻人物是：

Still in his grasp, before me, full in view,

Went hurrying o'er the illimitable waste,

With the fleet waters of a drowning world

In chase of him; whereat I waked in terror,[60]

…

……我看见他那清晰的

---

57 *The Collected Poetry of William Wordsworth*, Ware: Wordsworth Editions Limited, 1994, p.667.

58 〔英〕威廉·华兹华斯著，《序曲》，丁宏为译，北京：中国对外翻译出版公司 1999 年版，第 104 页。

59 *Holy Bible*, the edition provided by the United Bible Societies, printed by China Christian Council, p.9.

60 *The Collected Poetry of William Wordsworth*, Ware: Wordsworth Editions Limited, 1994, p.667.

轮廓：在无边的荒原上，独自奔驰，

手持一对瑰宝，洪水将淹没

世界，在他身后急速追来[61]。

这里的"洪水"（the fleet waters of a drowning world）是"将淹没世界"的水，"在他身后急速追来"，可谓来势凶猛、惊心动魄，这个意象也象征着给人类带来灾难的法国革命。

《序曲》第十卷《寄居法国——续》第 474-480 行反思法国革命说：

I clearly saw that neither these nor aught

Of wild belief engrafted on their names

By false philosophy had caused the woe,

But a terrific reservoir of guilt

And ignorance filled up from age to age,

That could no longer hold its loathsome charge,

But burst and spread in deluge through the land[62].

……我清楚地看见，悲难的

根源不在于它们，也不是由歪理

谬论强加在它们身上的任何

荒唐信条，而是世世代代

积蓄下来的罪孽与愚昧，如巨大的

水库，再不能承受那可怕的重负，

突然溃决，让大洪水泛滥全国[63]。

《序曲》第五卷梦幻中之"大洪水"意象只是对法国革命暗示性的预言，而此处之"巨大的水库"（a terrific reservoir of guilt/And ignorance）意象则是对法国革命直指性的评价了，这是一个"罪孽"（guilt）、"愚昧"（ignorance）的水库，水库中的水一旦决堤而出，势必给社会、人类带来巨大灾难。

---

61 〔英〕威廉·华兹华斯著《序曲》，丁宏为译，北京：中国对外翻译出版公司 1999 年版，第 106 页。

62 *The Collected Poetry of William Wordsworth*, Ware: Wordsworth Editions Limited, 1994, p.725.

63 〔英〕威廉·华兹华斯著《序曲》，丁宏为译，北京：中国对外翻译出版公司 1999 年版，第 277-278 页。

六、山谷

在华兹华斯的诗歌中，山谷意象频频出现，比较引人注目。这一意象具有蕴藏着丰富精神内涵的心灵依托之含义。《序曲》第五卷《书籍》第 426-430 行：

> Well do I call to mind the very week
> When I was first intrusted to the care
> Of that sweet Valley; when its paths, its shores,
> And brooks were like a dream of novelty
> To my half-infant thoughts; that very week,[64]
> …

> 那迷人的山谷，我清楚地记得最初
> 我被托付给它的日子；对于
> 一个稚气犹存的孩子，它的
> 山径、湖畔与溪泉像是新奇的
> 梦幻[65]。

这是他记忆中儿童时期家乡的山谷。在朝夕相处的过程中，他对它产生了特殊的感情：新奇迷人，令人难以忘怀。这里的"山谷"（that sweet Valley）是"迷人的"（sweet），这一意象表达的就是这种特别的家乡情感。

《序曲》第六卷《剑桥与阿尔卑斯山脉》第 500-503 行：

> Sweet coverts did we cross of pastoral life,
> Enticing valleys, greeted them and left
> Too soon, while yet the very flash and gleam
> Of salutation were not passed away[66].

> 我们也曾穿过隐藏着田园
> 生活的密林——诱人的山谷，相遇
> 片刻就要离别，似乎那致意的

---

64 *The Collected Poetry of William Wordsworth*, Ware: Wordsworth Editions Limited, 1994, p.672.

65 〔英〕威廉·华兹华斯著《序曲》，丁宏为译，北京：中国对外翻译出版公司 1999 年版，第 116-117 页。

66 *The Collected Poetry of William Wordsworth*, Ware: Wordsworth Editions Limited, 1994, p.682.

瞬间还来不及完成[67]。

这是他记忆中青年时期徒步游览欧洲多国时所见到的山谷。同现实社会尤其是令人窒息的剑桥大学之生活相比，这是一个难得的去处：幽静、诱人、令人流连忘返。"山谷"（enticing valleys）意象是"诱人的"（enticing），表现了他对徒步游览欧洲多国时所见到的山谷的喜爱。关于这个山谷，他在《序曲》中还有描写，第六卷《剑桥与阿尔卑斯山脉》第517-520行：

> Well might a stranger look with bounding heart
>
> Down on a green recess, the first I saw
>
> Of those deep haunts, an aboriginal vale,
>
> Quiet and lorded over and possessed[68]
>
> 回想这些隐秘的地方，当我
>
> 以陌生人的目光初次俯视一个
>
> 绿色的幽谷，我的心情何等
>
> 激荡——[69]

"幽谷"（an aboriginal vale,/Quiet and lorded over and possessed）带了"原初的"（aboriginal）、"幽静的"（quiet）、"拥有的"（lorded over and possessed）等几个修饰语，是一个十分令人向往的去处，"幽谷"是一个优美的意象。

从上引几个诗歌片段看，山谷意象所指示的不仅只是一个物理意义上的简单物象，而且是一个蕴藏着丰富精神内涵的心灵依托。

《序曲》第八卷《回溯：对大自然的爱引致对人的爱》第56-69行：

> Is the recess, the circumambient world
>
> Magnificent, by which they are embraced:
>
> They move about upon the soft green turf:
>
> How little they, they and their doings, seem,
>
> And all that they can further or obstruct!
>
> Through utter weakness pitiably dear,

---

67 〔英〕威廉·华兹华斯著《序曲》，丁宏为译，北京：中国对外翻译出版公司1999年版，第148页。

68 *The Collected Poetry of William Wordsworth*, Ware: Wordsworth Editions Limited, 1994, pp.682-683.

69 〔英〕威廉·华兹华斯著《序曲》，丁宏为译，北京：中国对外翻译出版公司1999年版，第149页。

As tender infants are: and yet how great!

For all things serve them: them the morning light

Loves, as it glistens on the silent rocks;

And them the silent rocks, which now from high

Look down upon them; the reposing clouds;

The lurking brooks from their invisible haunts;[70]

…

……这幽谷有着宽广的胸怀，

四周的景物宏大而壮观，拥抱着

这里的乡亲。他们在如茵的草地上

移动：多么渺小——他们与他们的

所为，还有他们所能促成

或阻碍的一切！——绝对的弱小，如娇婴

让人怜悯；但又多么伟大！

因为一切都服侍着他们：安恬的

山岩上闪耀的晨曦向他们投来

慈爱；山岩也充满爱意，从高处

俯首关怀；还有静憩的白云、

隐蔽处那些山溪的绵绵不绝的

交谈，以及海尔芙琳——虽苍老，

却倾听着这歌声唤醒静默的乡邻[71]。

　　这里的幽谷是英国湖区山野海尔芙琳人民的生活之地，这里的人民在这里过着悠然自得的生活。这个"幽谷"（the circumambient world/Magnificent, by which they are embraced）意象不是简简单单的一个词而是一个名词短语构建而成的，这个名词短语的核心词是"世界"（world），前面带了了形容词"环绕的"（circumambient），后面带了个形容词"宏大壮观的"（magnificent），最后还跟了个定语从句"将其环抱的"（by which they are embraced）。看来，

---

70 *The Collected Poetry of William Wordsworth*, Ware: Wordsworth Editions Limited, 1994, p.700.

71 〔英〕威廉·华兹华斯著《序曲》，丁宏为译，北京：中国对外翻译出版公司 1999 年版，第 204 页。

丁宏伟将其用一个词意译作"幽谷"是有一定道理的。此处的"幽谷"意象指示的是一种安恬的生活境界，它同喧嚣的工业社会形成了鲜明的对照。

七、蚁丘

在华兹华斯的诗歌中，蚁丘意象是现代化都市之喻。《序曲》第七卷《寄居伦敦》第 149-152 行：

> Rise up, thou monstrous ant-hill on the plain
>
> Of a too busy world! Before me flow,
>
> Thou endless stream of men and moving things!
>
> Thy every-day appearance, as it strikes[72]——

> 请你再现，世间忙碌的原野上
>
> 一个巨大的蚁丘！在我眼前，
>
> 再次漾动起你那不息的车水
>
> 与人流[73]！

伦敦城内生活着大量的人，他们就像蚂蚁一样，整天忙忙碌碌。"蚁丘"（ant-hill）意象指的就是伦敦城。通过这一意象的营造，诗歌巧妙地批判了英国工业文明。

八、坟墓

华兹华斯诗歌中还有一个"坟墓"的意象，《序曲》第四卷《暑假》第 30-32 行：

> The thoughts of gratitude shall fall like dew
>
> Upon thy grave, good creature! While my heart
>
> Can beat I never will forget thy name[74].

> 善良的女人，我的感激之情
>
> 常如雨露洒在你的坟上！

---

72 *The Collected Poetry of William Wordsworth*, Ware: Wordsworth Editions Limited, 1994, p.689.

73 〔英〕威廉·华兹华斯著《序曲》，丁宏为译，北京：中国对外翻译出版公司 1999 年版，第 172 页。

74 *The Collected Poetry of William Wordsworth*, Ware: Wordsworth Editions Limited, 1994, pp.658-659.

我不会忘记你，只要心脏还跳动[75]。

霍克斯海德学校没有为学生提供宿舍，华兹华斯兄弟求学期间住在村中，安·泰森（Anne Tyson）曾经是他的房东，华兹华斯同她重逢的时候，她已经75 岁了。安·泰森勤劳、慈祥、善良、纯朴，深得华兹华斯的敬重，"坟"（thy grave）的意象实际上倾注了他对她的感激、敬重和怀念之情。

《无题：她住在达夫河源头近旁》（"Untitled: She Dwelt Among the Untrodden Ways", 1799）：

> She lived unknown, and few could know
>
> When Lucy ceased to be;
>
> But she is in her grave, and, oh,
>
> The difference to me[76]!

> 露西，她活着无人留意，
>
> 死去有几人闻知？
>
> 如今，她已经躺进墓里，
>
> 在我呢，恍如隔世[77]！

华兹华斯通过"坟"／"墓"（her grave）这一意象，表达了对露西去世的惋惜和悲哀，而这一行的末尾用了个感叹词"oh"（哎呀），又给诗歌平添了几分悲凉之气。

《序曲》第五卷《书籍》第 389-397 行[78]：

> This Boy was taken from his mates, and died
>
> In childhood, ere he was full twelve years old.
>
> Fair is the spot, most beautiful the vale

75　〔英〕威廉·华兹华斯著《序曲》，丁宏为译，北京：中国对外翻译出版公司 1999 年版，第 82 页。

76　*The Collected Poetry of William Wordsworth*, Ware: Wordsworth Editions Limited, 1994, p.109.

77　〔英〕华兹华斯著《华兹华斯诗歌精选》，杨德豫译，太原：北岳文艺出版社 2000 年版，第 27 页。

78　这里所引英语原诗为第 389-397 行，共 9 行，与之对应的汉语译诗为第 389-396 行，共 8 行，分别见：*The Collected Poetry of William Wordsworth*, Ware: Wordsworth Editions Limited, 1994, p.671；〔英〕威廉·华兹华斯著《序曲》，丁宏为译，北京：中国对外翻译出版公司 1999 年版，第 115 页。这里以英语原诗为准标识为第 389-397 行。

Where he was born; the grassy churchyard hangs

Upon a slope above the village school,

And through that churchyard when my way has led

On summer evenings, I believe that there

A long half hour together I have stood

Mute, looking at the grave in which he lies[79]!

这个孩子被迫别离他的

伙伴，在童年死去，尚不足十二岁的

年纪。他出生的山谷妩媚，优美；

乡村学堂的上方有个山坡，

近旁是那草深叶密的教堂

墓场。常常在夏日的黄昏，每次

穿过这片墓地，我都会驻足

静默，久久地凝视着他长眠的坟茔[80]!

　　这里，他通过"坟茔"（the grave）这一意象的构建，寄托了自己对早逝的温德米尔少年的哀思。《在彭斯墓前》（"At the Grave of Burns"）：

The piercing eye, the thoughtful brow,

The struggling heart, where be they now?——

Full soon the Aspirant of the plough,

The prompt, the brave,

Slept, with the obscurest, in the low

And silent grave[81].

犀利的眼光，思索的眉宇，

斗争的意志，这一切现今又在何处？——

很快就托志于农耕，

这个行动快捷、作事勇敢的人啊，

同那些最默默无名的人一起安眠于低洼

79　*The Collected Poetry of William Wordsworth*, Ware: Wordsworth Editions Limited, 1994, p.671.

80　〔英〕威廉·华兹华斯著《序曲》，丁宏为译，北京：中国对外翻译出版公司 1999 年版，第 115 页。

81　*William Wordsworth: Selected Poems*, London: Penguin Books Limited, 1996, p.159.

宁静的坟墓。

在上引诗句中，华兹华斯通过"宁静的坟墓"（silent grave）这一意象，既表达了他对彭斯的哀悼，又流露了他对彭斯的赞扬和景仰。

《罗布·罗伊之墓》（1805 年或 1806 年）：

A FAMOUS man is Robin Hood,

The English ballad-singer's joy!

And Scotland has a thief as good,

An outlaw of as daring mood;

She has her brave Rob Roy!

Then clear the weeds from off his Grave,

And let us chant a passing stave,

In honour of that Hero brave[82]!

罗宾汉大名无人不晓，

英格兰歌手们传唱不息；

苏格兰也有个贤明的侠盗，

同样是骁勇的绿林英豪，

他就是罗布·罗伊！

快把他坟头的野草除净，

让我们唱一首即兴的歌行，

向这位勇武的英雄致敬[83]！

诗歌中不仅把苏格兰义军首领罗布·罗伊同英格兰绿林英雄头领罗宾汉相提并论，而且还将"Grave"（坟）与"Hero"（英雄）处理为首字母大写以示突出、强调，"Hero"更带了个形容词"brave"（英勇的）加以修饰，足见华兹华斯对罗布·罗伊的崇拜、崇敬。诗中的"坟头"（his Grave）意象已没有了常见的死亡、毁灭、腐朽等消极内涵，也没有哀悼死者的意蕴；相反，它已成了英勇英雄（Hero brave）的象征，对人民的斗争起着鼓舞的作用。

《序曲》第一卷《引言——幼年与学童时代》第 264-269 行：

---

82 *The Collected Poetry of William Wordsworth*, Ware: Wordsworth Editions Limited, 1994, pp.290-291.

83 〔英〕华兹华斯著《华兹华斯诗歌精选》，杨德豫译，太原：北岳文艺出版社 2000 年版，第 166 页。

Much wanting, so much wanting, in myself,

That I recoil and droop, and seek repose

In listlessness from vain perplexity,

Unprofitably travelling toward the grave,

Like a false steward who hath much received

And renders nothing back[84].

于是萎缩颓丧，只求在慵懒中

悠然静养，不想陷入无益的

困惑之中。就这样一事无成地

缩短着通向坟茔的路途，像一个

低能的仆人，领到许多钱财，

却不能有所回敬[85]。

《圣经·旧约全书·创世纪》（"Genesis", *The Books of the Old Testament, The Holy Bible*）中讲："你本是尘土，仍要归于尘土。"[86]归于尘土就是归于坟茔，坟茔是人的必然归属，坟茔也是古今中外文学作品中常见的一个意象，华兹华斯的诗歌也不例外。在他的这6行诗里，"坟茔"（the grave）的意象已没有哀悼的内涵，而是象征着生命的有限和人生的短暂。

《序曲》第八卷《回溯：对大自然的爱引致对人的爱》第590-596行：

Even in such sort had I at first been moved,

Nor otherwise continued to be moved,

As I explored the vast metropolis,

Fount of my country's destiny and the world's;

That great emporium, chronicle at once

And burial-place of passions, and their home

Imperial, their chief living residence[87].

---

84 *The Collected Poetry of William Wordsworth*, Ware: Wordsworth Editions Limited, 1994, p.636.

85 〔英〕威廉·华兹华斯著《序曲》，丁宏为译，北京：中国对外翻译出版公司1999年版，第10-11页。

86 《圣经》，新标准修订版、新标准和合版，中国基督教协会，第5页。

87 *The Collected Poetry of William Wordsworth*, Ware: Wordsworth Editions Limited, 1994, p.708.

　　当我探访这庞大的都市——国家

　　与世界命运之泉的本源，一开始，

　　即是这样被触动，过后的感觉

　　也依然如此。瞧这巨型的市场，

　　一本欲望的记录，同时也是

　　它们的坟场，是其登极的宫殿，

　　也是它们久居常留的住所[88]。

　　在第 592 行中出现的"庞大的都市"（the vast metropolis）指的是英国首都、国际大都市伦敦，它是铜臭弥漫、物欲横流之地。"坟场"（burial-place）指的是伦敦，伦敦是工业文明的产物，这一意象暗示着，工业文明时期的人将因其泛滥的物欲而断送自己的未来，并最终走向毁灭。诗中将伦敦比作"坟场"，进而说它是"登极的宫殿"（their home Imperial）、"久居常留的住所"（their chief living residence），极具讽刺意味。

　　诗人要用意象成功创造出诗歌，他所使用的意象必须是独特而有个性的。伟大的诗人在意象的运用方面是独特而有个性的，譬如中国文学史上屈原（前 340-前 278）的香草美人，曹操（155-220）的老骥烈士，陶渊明（365-427）的东篱菊花，谢灵运（385-433）的池塘春草，薛道衡（540-609）的空梁燕泥，李白（701-762）的明月剑侠，杜甫（712-770）的秋风瘦马，崔护（772-846）的人面桃花，柳永（987?-1053?）的晓风残月，张若虚（?-?）的春江花月，李煜（937-978）的流水落花，陆游（1125-1210）的断桥梅花，马致远（1250?-1323?）的小桥流水，英国文学史上威廉·布莱克（William Blake, 1757-1827）的老虎（the Tiger），罗伯特·彭斯（Robert Burns, 1759-1796）的红红的玫瑰（a red, red rose），珀西·比希·雪莱（Percy Bysshe Shelley, 1792-1822）的西风（West Wind），约翰·济慈（John Keats, 1795-1821）的希腊古翁（a Grecian Urn）、夜莺（a Nightingale），阿尔弗雷德·丁尼生（Alfred Tennyson, 1809-1892）的鹰（the Eagle），托马斯·哈代（Thomas Hardy, 1840-1928）的黑暗中的鸫鸟（the Darkling Thrush），威廉·巴特勒·叶芝（William Butler Yeats, 1865-1939）的拜占庭（Byzantium），美国文学史上爱德华·泰勒（Edward Taylor, 1642-1729）的纺车（thy Spinning Wheele），威廉·卡伦·布莱恩特（William Cullen Bryant,

---

88　〔英〕威廉·华兹华斯著《序曲》，丁宏为译，北京：中国对外翻译出版公司 1999 年版，第 224 页。

1794-1878）的水鸟（a Waterfowl），亨利・朗费罗（Henry Longfellow, 1807-1882）的潮水（the tide），沃尔特・惠特曼（Walt Whitman, 1819-1892）的草叶（leaves of grass），埃兹拉・庞德（Ezra Pound, 1885-1972）的花瓣（Petals），托马斯・斯特恩斯・艾略特（Thomas Stearns Eliot, 1888-1965）的空心人（the Hollow Men）、稻草人（the stuffed men），罗伯特・弗罗斯特（Robert Frost, 1874-1963）的雪夜（a snowy evening），卡尔・桑德堡（Carl Sandburg, 1878-1967）的雾（fog），威廉・卡洛斯・威廉斯（William Carlos Wiliams, 1883-1963）的红色手推车（a red wheel barrow），詹姆斯・默瑟・兰斯顿・休斯（James Mercer Langston Hughes, 1902-1967）的河流（Rivers），罗伯特・布莱（Robert Bly, 1926-2021）的"雪地"（Snowy Fields）、黑暗（a darkness），莫不如此。同世界文学史上其他所有伟大的诗人一样，华兹华斯在诗歌中所运用的非生物自然意象也是独特而有个性的。